KB005923

요즘 나는 작가의 일을 한다.

조영주

일러두기

이 책은 2018년 12월부터 2019년 12월까지 채널예스 '조영주가 적당히 산다'에 연재된 글을 엮은 책입니다.

어떤,
작가

차례

경기도로 귀촌했습니다

덕질하러 서울 갑니다

제주도에게 생일선물을 받았습니다

게으르지만 유럽도 다녀왔습니다

글 쓰다 문뜩 떠오릅니다

여는 글

새해가 시작될 무렵이면 그 해의 문장을 선정하곤 합니다. 어떤 문장이 그 해의 문장이 될지, 저는 문장을 정하기 직전까지 알지 못합니다. 마음에 드는 문장은 전혀 예상치 못한 방법으로 갑작스레 저를 찾아오곤 하거든요.

2020년의 문장 역시 그랬습니다. 이번 문장은 SNS에서 발견했습니다. 페이스북에서 한 분이 읽던 책 구절을 이미지파일로 편집해 올렸습니다. 아니 에르노의 책 『부끄러움』의 한 구절이었습니다. 책의 제목도 작가도 낯설었습니다. 그래서 책 제목처럼 조금 부끄러웠습니다. 하지만 번역자의 이름 이재룡이 낯익었습니다. 아, 그이는 무려 20년 전 대학시절 수업을 들었던 분이더군요. 참으로 반갑다고 생각하며 문제의 문장을 보고난 후 자꾸만 곱씹게 되었습니다. 특히 첫 문장이 마음에 걸려 몇 번이고 혼잣말로 중얼거리다가 결국, 2020년 1월 1일 올해의 문장으로 정했습니다. 그 문장은 다음과 같습니다.

내게 글쓰기는 헌신이었다.

작가에게 글쓰기란 이런 것 같습니다. 다른 모든 것을 포기하더라도 결코 손에서 놓을 수 없는 것. 다시 못 쓴다고 생각하면 차라리 죽는 게 낫지 않을까 절망하는 것. 하지만 원하는 결과물이 나오면 더없이 행복해지는 어떤 것.

이 책에 모인 글에서 글쓰기란 이름의 헌신을 조금이나마 발견한다면, 영광이겠습니다.

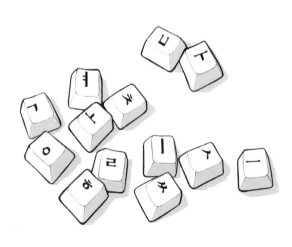

경기도로 귀촌했습니다

경기도로 귀촌했습니다

요즘 친구들에게 전화를 걸 때마다 이렇게 말한다. "서울 너무 멀어. 나 경기도로 귀촌했잖아." 이런 말을 할 때마다 친구들은 문장의 모순을 신랄하게 지적한다.

"경기도가 귀촌이면 나는 이미 귀촌했냐?"

경기도 광명시에 사는 친구의 지적이다. 물론 나는 콧방귀도 뀌지 않는다. 20년 넘게 알고 지내다 보니 이 정도 빈정거림이야 자장가 수준이다. 오히려 나는 친구의 독설에 왜 이게 귀촌이 될 수밖에 없는가 이유를 구체적으로 들어주기까지 한다.

어렸을 때부터 시골에 사는 걸 꿈꿨다. 옛날에 유행했던 노랫말처럼 "저 푸른 초원 위에 그림 같은 집을 짓고"를 동경했다기보다는 『빨강 머리 앤』에서 본 프린스 에드워드 섬을 동경했다는 편이 옳았다. 나이가 들수록 이런 욕망은 커져만 갔다. 2018년 초유의 미세먼지 사태와 밑도 끝도 없는 층간소음에 시달리고 나니 말 그대로 서울을 탈출하고 싶어졌다. 하지만 마루야마 겐지의 책을 보자면 함부로 귀촌하면 안

될 것 같았다.

소설가들의 소설가로 추앙받는 마루야마 겐지는 신랄한 내용의 에세이로 더 유명하다. 『소설가의 각오』는 말 그대로 "어금니 꽉 깨물고 글 써라"는 내용이고, 『인생 따위 엿이나 먹어라』는 쉽게 살려고 하는 마음 자세를 버리고 자기 자신답게 살라고 독자를 일깨운다. 이런 마루야마 겐지의 책 중에는 "시골에서 살아보고 싶다."는 생각을 함부로 품지 말라고 경계하는 『시골은 그런 것이 아니다』도 있다.

이 책의 첫 문장은 다음과 같다.

당신이 도시 생활을 접고 여생을 시골에서 살아 보고 싶어 하는 마음은 잘 압니다.[*]

협박조의 문장을 보자마자 뜨끔했다. 나는 딱 저런 기분으로 귀촌을 궁리했으니까.

얄팍한 마음가짐으로 생각한 귀촌의 조건은 단순하기 짝이 없었다. 운전을 못 하니까 교통이 좋았으면 좋겠다. 단독주택에 살아본 적이 거의 없으니까 시골에 가도 아파트에 살고 싶다. 도서관과 마트가 가깝고, 개와 산책을 할 만한 흙길이 있었으면, 그리고 그 풍경에 소똥 냄새가 섞인다면 금상첨화일 듯하다. 이런 어설픈 귀촌 욕망이 현실로 펼쳐진 것은 어디까지나 동생 덕이었다.

2017년 초, 동생은 이사를 가자고 말한 후 얼마 지나지 않아 실천에 옮겼다. 포털 사이트의 부동산 정보를 자세히 훑은 후 올케와 함께 답사

[*]   마루야마 겐지 『시골은 그런 것이 아니다』(바다출판사, 2014), 6쪽

에 나섰다. 구리와 남양주 일대를 휘휘 둘러보다가 훗날 이사할 이 동네, 사릉에 들렀다. 경춘선을 비롯해 걸어서 10분 거리에 있어야 할 것은 다 있고 없을 건 없는 화개장터 같은 동네에 동생은 만족했다. 돌아와 이사를 권했다. 과연 어떨까 고개를 갸웃거리는 나와 달리 엄마는 제안을 반겼다. "그 동네, 너(동생) 태어난 동네다."라고 덧붙이며.

엄마 말에 따르면 어린 시절 우리 집은 이사를 자주 다녔단다. 어린 이대공원 근처에 살았다던가 어딘가 서울 근교에서 산 적도 있다지만 나는 기억이 나지 않는다. 내 어린 시절 기억의 대부분은 안산이 차지한다. 그런데 엄마 말에 따르면 동생이 "여기 괜찮아."하고 느낀 동네가 종종 이야기한 '어딘가 서울 근교'라는 것이었다.

이런 우연이 일어나다니, 흥미가 돋았다. 온 가족 드라이브나 할 겸 일단 가봤다. 차를 타고 한 바퀴 천천히 동네를 도는 사이, 엄마는 낯익은 풍경을 찾아냈다. 동생이 태어날 무렵에 있었던 교회가 여전했다. 겉모습은 조금 바뀌었지만 과거를 추억하기엔 충분했다.

서울에 살다 보면 참 쉽게 모든 게 변한다. 개발이 계속된다. 비닐하우스, 근처의 아무도 살지 않는 빈집, 살 곳에 허덕이다 결국 자살을 선택하는 이들도 잦다. 나는 이런 퍽퍽함이 싫었다. 이를 악물지 않아도 살 수 있는 삶을 바랐다. 40년 넘게 한 자리를 지켜왔을 교회를 보자니 기대가 생겼다. 이곳엔 그런 삶이 있을지도 모른다는 한없이 희망에 가까운 기대 말이다.

변하지 않는 것 사이에서 살아보고 싶었다. 그래서 결심했다. 우리 가족 모두, 경기도로 귀촌하기로.

꽃과 서점을 둘러싼 귀촌

1971년, 타샤 튜터는 쉰여섯의 나이에 버몬트 주의 땅 30만 평을 구입한다. 오랜 시간 꿈꿨던 18세기 무렵 농가주택을 모델로 집을 짓는다. 3년에 걸쳐 온실을 만들고 연못을 뚫는다. 『타샤 튜터 나의 정원』에 나오는 내용이다.

처음 이곳, 남양주에 이사를 왔을 때만 해도 그렇게 살고 싶었다. 베란다에 작은 정원을 꾸린다던가 근처에 빈 땅을 얻어 농장을 짓는다던가. 실제로 주변에 주말농장이 있었다. 곳곳에 비닐하우스며 텃밭이 즐비하기에 마음만 먹으면 일도 아닐 듯했다. 하지만 언제나 그렇듯 상상과 현실은 다르다. 얼마 지나지 않아 나는 평소의 느긋하고 게으른 일상에 젖어들었다. 우연히 제주도 꽃집 겸 서점 '디어마이블루'의 근황을 듣기 전까지는 말이다.

2007년, 미야베 미유키의 『이유』를 읽은 후 추리소설가가 되겠다고 결심했다. 궁하면 통한다고 했던가, 마음먹고 나니 길이 보였다. 북스피어라는 작은 출판사에서 미야베 미유키의 책을 몽땅 내고 있었다. 나는 이 출판사를 목표로 삼았다. 북스피어에서 책을 낸다면 미야베 미유키 옆에 내 책이 놓이겠지, 얼마나 멋지겠어! 라는 치기 어린 생각의 발로 였달까. 그리고 희한하게도 이 목표가 날 진짜 추리소설가로 만들었다.

2017년 6월, 이런 북스피어가 국제도서전에 참가한다기에 코엑스를 찾았다. 도서전 안에서 얼마 가지 않아 길을 잃었다. 방향치인 탓이다. 당황하자 일행도 잃어버렸다. 아, 연락하자 생각하며 핸드폰을 찾아보니 핸드폰도 없었다. 나이 마흔에 미아가 되어버렸다. 『꿈꾸는 책들의 미로』 같은 국제전을 헤매다 정신을 차려보니 북스피어 앞이었다. 도돌이표처럼 돌아오는 내게 친절하게 말을 붙여주신 분이 있었으니 북스피어 부스에서 책 포장으로 여념이 없는 플로리스트였다. 또래나 조금 위일까 싶은 플로리스트는 바쁜 손을 잠시 멈추고 내게 말을 붙여왔다.

"뭔가 도와드려요?"

가끔 아무렇지 않게 걸어주는 말이 사람의 마음을 울리는 법이다. 나는 이 플로리스트의 도움으로 평정을 되찾을 수 있었다. 두꺼비의 보은이란 말이 있듯이 평소 바보 개구리로 불리는 나는 보은을 실천하기로 마음먹었다. 하지만 어떤 식으로 은혜를 갚을 수 있을까 싶었다. 플로리스트의 이름조차 알지 못했으니 말이다. 그러던 어느 날, SNS에 글이 하나 떴다. 이 플로리스트가 제주도에 꽃집 겸 서점 '디어마이블루'를 오픈한다는 사연이었다.

인연이다 싶었다. 내가 남양주로 귀촌했듯 그해에 제주도로 귀촌했다니, 게다가 내 생일 전날 꽃집 겸 서점을 오픈했다니, 나는 플로리스트의 이름 석 자 권희진을 단숨에 외웠다. 마음 같아서는 당장 비행기를 타고 날아가고 싶었다. 당신이 도와준 그 마흔 살 미아가 나였소, 밝힌 후 18일 00시를 기해 함께 생일케이크에 촛불을 꽂아 불을 밝히고 후! 불며 소원을 빌면 참으로 멋질 것 같았다. 하지만 나는 보기보다 낯을 가린다. 또 염려했다. 이렇게 갑자기 들이대면 부담스럽지 않을까 소심한 마음에 덧글만 달았다. 서점 오픈 축하드려요, 라고.

지난 반년 간, 권 대표는 아주 조금씩 제주도에 적응해 나갔다. 한 자리에 뿌리를 내려가는 희로애락을 SNS로 들여다보자면 『타샤 튜터 나의 정원』에 나오는 타샤 튜터의 귀촌기를 떠올리고도 남았다. 덕분에 눈동냥만으로 흐뭇했다. 어쩐지 이곳 남양주에서 원격으로 동거동락하는 기분이 들었달까. 그래서 나는 또 다짐했다. 제주도에 가자. 만나자. 책을 사든 꽃을 사든 밥을 사든 어떤 방식으로든 보은을 하자, 라고.

태어나서 네 번째로 찾을 제주도 애월의 풍경은, 권 대표가 꾸리는 '디어마이블루'의 꽃과 함께하는 서점은, 내가 늘 꿈꾸던 타샤 튜터의 정원과 닮은꼴일 것만 같아 설렌다.

내 살의는 얼마나 큰가

나는 최근 3년 사이 3번 이사를 했다. 첫 번째 이사는 동생의 결혼으로 분가를 한 탓이었고, 두 번째와 세 번째는 각기 이웃을 잘못 만난 탓이었다.

첫 번째 이사를 간 아파트는 바퀴벌레투성이였다. 불을 켤 때마다 사사삭 하고 바퀴벌레가 떼를 지어 움직이는 것이 영화 〈조의 아파트〉에 버금갔다. 하지만 그보다 더 큰 문제는 새벽의 산책자였다. 누군가 새벽마다 복도에서 신음소리를 내거나 혼잣말로 욕설을 하며 돌아다녔다. 그러다 어느 여름 새벽, 너무 더워 복도 쪽 창문을 조금 열어두고 잤다가 누군가 내 방 창문을 열려고 시도하는 일이 일어났다. (그 순간에도 바퀴벌레는 떼를 지어 지나갔다) 이때의 일로 나는 질려버렸다. 이사를 결심한 후 계약기간 2년을 채우자마자 다른 아파트로 도망갔다. 문제는, 그렇게 이사를 간 두 번째 아파트에서도 기이한 일이 끊이지 않았다는 사실이었다.

두 번째 아파트는 보일러를 안 틀어도 바닥이 따뜻해지는가 하면 가끔 핸드폰 진동 오듯 바닥이 드르륵드르륵 울었다. 처음엔 희한한 일이 다 있군 하고 넘겼으나, 자다가 전기충격을 받은 후로는 생각이 달라졌다. 이게 말로만 듣던 가위눌림, 폴터가이스트 현상인가 하는 의문이 들었다. 하지만 몇 날 며칠이 지나도록 같은 방향에서 열기와 진동, 전기충격이 오자 깨달았다. 이건 공포소설의 영역이 아니라 내 주특기인 추리소설의 영역이라는 사실을. 알고 보니 옆집 아저씨, 혹은 아줌마가 밤낮 구별 안 하고 정체를 알 수 없는 공업용 기계를 돌리고 있었다. 기계를 바닥에 놓고 다뤘기에 기계에서 오는 열이며, 진동이 우리 집 바닥을 통해 있는 그대로 전달되며 가끔 전기충격파까지 온 것이었다.

바로 대응 방안을 강구했다. 옆집에 가서 조심해 달라 부탁도 하고, 관리사무소에 민원도 넣어봤지만 소용없었다. 옆집 사람은 민원을 넣을 때만 "네, 네" 하고 잠깐 멈췄다가 십 분도 채 지나지 않아 다시 기계를 돌렸다. 얼마 지나지 않아 인내심이 동났다. 운동하려고 산 아령을 옆집에서 소음을 낼 때마다 벽에 던졌다. 그래도 소용없었다. 옆집 사람의 납품 마감 정신은 나의 원고 마감 정신보다 훨씬 굳건했다. 한 달쯤 소음을 두고 새벽마다 실랑이를 벌이고 나자 내 머릿속엔 단 한 가지 생각만 남았다. 그건, 강렬한 살의였다.

오래전 수능 잘 보라는 의미로 친구에게 받은 손도끼를 한 손에 불끈 쥐었다. 그대로 옆집 철문을 내리찍으려고 하다가 정신을 차렸다. 지금 뭘 하는 짓이지. 어쩌다 내가 이렇게 됐나. 기가 막혀 하며 집에 돌아왔다. 털썩 주저앉아 대성통곡을 하며 육두문자를 내뱉은 후 주섬주섬 이불을 챙겼다. 엄마 집으로 피난을 떠났다. 그렇게 반 년 가까이 엄마 집에서 머물다가 경기도 남양주에 있는 지금의 집으로 이사했다.

최근 『내 감정에도 그림자가 있다』라는 제목의 책을 읽자니 이때의 일이 떠올랐다. 제목은 요즘 추세에 맞는 에세이 같지만 내용은 그렇지 않다. 이 책은 무려 칼 융의 분석 심리학을 다룬다. 왜, 교과서에나 나올 법한 원형이니 그림자니 하는 이야기 말이다. 표지를 넘기자마자 나오는 건 OX 퀴즈다. "내 감정의 그림자는 얼마나 클까?"라는 제목 아래 이어지는 56개 문항을 풀고 책에서 지시하는 대로 오각형을 그리면 홀쭉이형, 건장형, 우향형, 좌향형 등 크게 네 가지 성향으로 나뉜 결과를 확인할 수 있다.

나는 이 중 우향형(그림자 내향형)에 해당했다. "머리는 가볍고 다리가 무거운 경우"로 "비이성적인 신념에 사로잡히기 쉽다. 그러므로 적절한 때에 자아 가치관을 이루는 맥락을 정리해서 부적절한 신념에 사로잡히지 않도록 해야 한다."는 결과가 나왔다.

몇 번이고 이사를 반복할 때 『내 감정에도 그림자가 있다』를 접했다면 어땠을까. 나는 감정을 잘 다스렸을 수 있었을까. 어떻게든 위기를 극복해 버렸을까. 아니, 그렇지 않을 것 같다. 무엇을 아는 것과 그것을 해내는 일은 전혀 다른 이야기니까. 그래도 일단 이 책에서 누누이 강조하는 "절절한 때에 자아 가치관을 정립"하는 건 잊지 않기로 한다. 만에 하나 '부적절한 신념'에 사로잡혀 살인이라도 저질렀다가는 말짱 도루묵 정도가 아니라 인생 종칠 테니 말이다.

빡쳐도 건설적으로 빡치자

보통 지나치게 가슴이 뛰면 연애라도 하나 생각하겠지만 내 경우는 좀 다르다. 내가 가슴이 심하게 뛴다 싶으면 원인은 백이면 백, 모두 층간소음이다.

앞장에서 이야기했다시피, 2017년 말 당시 살던 아파트에서 난감한 일이 연이었다. 보일러도 돌리지 않는데 바닥이 뜨끈뜨끈해지는가 하면, 잠을 자다가 갑작스런 전기충격을 받아 강시처럼 벌떡 일어났다. 또 한 번은 바닥 전체가 핸드폰 진동이 오는 것처럼 부르르르 떨려 지진이 났나 의심했다. 알고 보니 모두 옆집 문제였다. 옆집에서 밤낮을 가리지 않고 정체를 알 수 없는 공장 기계를 돌리고 있었던 것. 그래서 결국 나는 귀촌을 결심하고 이사를 왔다.

이쯤 되면 슬슬 예상하실 것 같은데, 이사 온 아파트에서 또 층간소음이 시작됐다. 이번엔 옆집이 아니고 윗집이 범인이다.

2017년 10월부터 또 기계소음과 진동을 느꼈다. 나는 공황장애가 오기 전 마음을 단단히 먹었다. 이에는 이, 소음에는 소음이라는 생각으로 윗집에서 기계를 돌리는 시각에 맞춰 소리 나게 키보드를 쳤다. 이래도 안 되면 당장 뛰어 올라갈 생각으로 이를 악물었건만 다른 이웃이 먼저 폭발했다. 누군가 윗집을 찾아갔다. 내 몫까지 한 시간 넘게 고래고래 소리를 질렀다.

이날 밤, 윗집에서 부부싸움이 났다. 자정 무렵 시작된 부부싸움은 새벽 두 시경 아저씨의 대성통곡으로 끝났다.

한 시간이 넘도록 그치지 못하는 아저씨의 서러운 울음을 듣자니 가장 먼저 떠오른 건 측은지심이었다. "다 먹고 살자고 하는 짓일 텐데." 하는 생각이 들자 마음을 달리 먹었다. 아직 전기충격은 오지 않았으니(?) 일단 잠자리를 바꿔볼까 하고 서재 겸 거실로 살림을 옮긴 것.

이게 뜻밖에 좋았다. 원고가 마음처럼 풀리지 않을 때면 잠깐 고개를 들어 서재를 바라보았다. 잠이 안 오면 양을 세라는 말처럼 글이 안 써질 때면 책장에 꽂힌 책의 제목을 차례로 읽었다. 그러자면 영감이 떠올랐다. 글쓰기에 푹 빠지자 자연스레 윗집 소음에 신경 쓰는 일이 적어져, 언젠가부터는 소음 자체를 거의 못 느끼게 됐다.

최근 읽은 책 『빡치는 순간 나를 지키는 법』에는 이런 마음가짐의 변화에 대한 이야기가 실려 있다.

어떤 날은 그다지 신경에 거슬리지 않지만 어떤 날은 유달리 미운 마음이 든다면 자신의 '마음'을 돌아봐야 한다. ˮ

어쩌면 소음 자체는 별것 아니었을지도 모르겠다. 내가 이사 왔을 무렵엔 이미 현재 진행형이었을 가능성이 높다. 갑작스레 소음에 예민해졌다면 왜일까. 그건 본격적으로 칩거하면서 지나치게 예민해진 내

ˮ 미즈시마 히로코 『빡치는 순간 나를 지키는 법』 (봄빛서원, 2018), 133쪽

마음이 지레 겁을 먹은 탓은 아니었을지.

심호흡을 크게 하고, 마음을 다잡는다. 스스로에게 말해본다.

'빡쳐도 건설적으로 빡치자'

윗집 소음이 신경이 쓰이면 책등이나 차례로 읊자. 그도 안 되면 밖에 나가 개와 함께 동네를 한 바퀴 돌자. 그래도 남는 스트레스는 새로운 소설의 화력으로 쓰자. 예를 들어, 이 과정으로 소설을 써보면 어떨까. 멋진 스릴러가 하나 뚝딱, 나올지도 모른다.

부기
결국 층간소음을 소재로 한 소설 『혐오자살』을 쓰고 말았다.

옛날에 놀던 때가 그립습니다

2018년 6월, 이사 오고 얼마 지나지 않아 있었던 일이다. 평소와 같이 개를 데리고 산책을 나갔다가 묘한 광경을 목격했다. 어느 집 담장 밑에 일렬로 의자가 놓여 있었다. 제각각 생긴 의자, 왜 이 의자들이 이곳에 놓였을까. 나는 신기하다는 생각에 사진을 한 장 남겼다. 그러고는 산책을 마저 하다가 또 일렬의 의자를 발견했다. 사능천변을 따라 이어지는 산책로의 시작 지점 부근, 어딘가 가정집에서 남는 식탁의자를 가져다 나란히 놓은 듯한 풍경이 나타났다. 왜 이런 곳에 의자가 있는가, 나는 한 장 더 사진을 남긴 후 길을 떠났다.

두 장의 사진에 얽힌 의문은 산책을 끝내고 돌아올 무렵 자연스레 풀렸다. 다시 만난 담장 아래 의자에 할머니들이 나란히 앉아 있었다. 어떻게 알게 된 사이인지까지는 짐작할 수 없었지만 사이가 좋은 것만큼은 분명했다. 아니라면 어린아이처럼 이를 보이며 깔깔 웃지는 않을 테니까.

할머니들의 담소는 대부분 지나가는 사람에서 시작했다. 예를 들어, 내가 개를 데리고 다니면 갑자기 한 할머니가 말을 꺼낸다. "나는 개가 싫어. 저거 똥은 잘 치우나 몰라." 그러면 바로 옆에 앉은 할머니가 말을 받는다. "저 아래 왜 진돗개 있잖아, 진돗개 풀어놓고 키워." 보통의 경우, 다음 타자는 진돗개에 대한 이야기를 잇겠으나 할머니들의 수다는 좀 다르다. "그런데 예전에 살던 사람들은 다 어디 갔대?" 개 이야기하다가 웬 사람 이야기? 이쯤 되면 귀가 쫑긋해진다. 나는 개에게 발맞춰 주변을 어슬렁거리는 척 발을 멈추고 슬그머니 귀를 기울인다. 할머니들은 이런 나를 전혀 신경 쓰지 않으며 말을 잇는다. 마을에 어린 사람들(할머니들 눈에는 3~40대가 청년이었다)이 대거 유입되면서 예전 이웃들이 잘 보이지 않는다는 사정에 연이어 이야기는 당연하다는 듯(제3자가 보기엔 전혀 자연스럽지 않은데) 동네 땅값이며 비닐하우스에서 키우는 유기견들의 사연으로 번진다. 나는 이 두서없는 담소를 적당히 끊어 들으며 의자들의 정체를 어슴푸레 짐작할 수 있었다. 아, 그러니까 이 의자들은 '간이 사랑방' 혹은, 어렸을 때 텔레비전에서 〈전원일기〉를 보던가 하면 나오는 대청마루인 모양이군.

　누군가는 이사를 가고, 또 누군가는 세상을 떠났다. 이제는 꽤 숫자가 줄었지만 할머니들은 날이 밝으면 이곳 의자로 나왔다. 지나가는 젊은이들(사실 젊은이라고 보기엔 나이가 많지만)에게서 이야깃거리를 찾았다. 그것은 내가 모르는 옛날 이 동네의 중요한 일과 중 하나였으리라. 나는 그런 할머니들을 보며 상상했다. 할머니들이 말하는 옛날은 어떤 풍경이었을까, 하고 말이다.

　일단 아파트는 없었으리라. 어딜 가도 논과 밭이 보이고, 개들은 신이 나서 뛰어놀았으리라. 하지만 평생을 도시에서만 살아온 내 비루한 상상력으로 이 이상의 연상은 무리였다. 구체적으로 무엇이 어떨까는 소설 자료 찾듯 도서관을 뒤져야 알 수 있을 것 같았다. 아, 궁금하다. 누가 좀 알려주지 않으려나 하고 안타까워하던 차에 우연히 "바로 이거야!" 싶은 그림을 발견했다.

페이스북에 72세의 할머니 작가의 그림이 연달아 올라왔다. 대중목욕탕이라던가 옛날 혼례 풍경, 장날 풍경을 들여다보자면 온몸에 소름이 돋았다. 아, 이게 바로 옛날 동네 풍경이 아닐까 싶었달까. 더불어 막연히 바랐다. 누군가 이 그림들을 책으로 내주면 좋겠다, 그렇다면 나도 손으로 책장을 넘기며 조금이나마 옛날을 느낄 수 있을 텐데, 하고 말이다. 얼마 지나지 않아 내 바람은 이뤄졌다. 정말 이 책이 출간이 된다는 소식이 들렸다. 72세 화백의 이름은 이재연, 데뷔작 그림책의 제목은『고향에서 놀던 때가 그립습니다』이다.

나는 망상 해본다. 이 책이 나오면 다시 의자를 기웃거려 볼까. 개를 데리고 지나가다가 슬그머니 할머니들이 없는 틈을 타서 의자에 책을 두고 도망칠까. 이 책을 발견한 할머니들은 어떤 대화를 나눌까. 어쩌면 내가 개와 함께 지나갈 즈음 "누가 이걸 두고 갔는가"에 대한 흥미진진한 대화를 펼칠지도 모르겠다. "아, 나도 그림책이나 하나 내볼까."라는 식의 대화라도 오간다면 한동안 내내 즐거우리라.

흰 고양이의 SOS

2019년 출간한 장편소설 『반전이 없다』엔 장르소설 전문 출판사 '화이트펄'의 대표 백진주가 등장한다. 나는 이 백진주의 모델로 한 출판사 대표를 생각했다. 몇 번이고 관련 행사를 찾아간다던가 하는 식으로 멀리서 보고 "정말 멋진 사람이다"라는 느낌을 받았기에 등장인물로 삼아 봤다. (물론 구현된 캐릭터는 실존 인물과는 상당히 다르다) 그런데 이런 백진주가 실제로 있었다, 것도 페이스북으로 친구를 맺게 됐다.

동명이인 진주 씨는 내가 그린 인물상과는 상당히 다르다. 외모도, 사는 곳도, 나이도 무엇 하나 같지 않다. 그중에서도 가장 다른 점은 진주 씨가 내 소설 속 백진주는 꿈도 못 꿀 '미남'과 산다는 점일 것이다. 왜 '미남'에 작은따옴표를 붙였는가 하면, 이 '미남'이 사람의 외형적 특징을 가리키는 단어가 아니라 고양이의 이름인 탓이다. 진주 씨의 하얀 고양이, 털이 복슬복슬한 '미남'을 보자면, 나는 가끔 묘한 기분에 사로잡힌다. 어떨 때, '미남'은 참 할 말이 많아 보인다. 내가 동네를 산책하다가 우연히 만나는 고양이들이 그러하듯.

소설을 쓰다 보면 시간개념이 사라진다. 특히 장편소설을 쓸 때면 일주일이고 한 달이고 집에서 칩거하다 보니 아무 때나 산책을 간다. 달

밤에 체조란 말이 괜히 나온 것이 아니다. 나는 새벽 한 시에도, 새벽 다섯 시 반에도 집을 나와 동네를 한 바퀴 휘휘 돈다. 9년째 동거한 개 몽돌씨는 이런 내게 적응했다. "산책"을 입에 올리면 자다가도 벌떡 일어나 헥헥거리며 앞서 걷는다.

이곳 남양주로 이사 온 후로도 기이한 산책은 변함이 없었다. 우리나라 최초의 추리소설가 김내성이 소설에서 표현하길, '우윳빛 가로등이 점멸하는 밤거리'를 몽돌씨와 함께 걷자면 점박이 고양이가 한두 마리 나타나 추리소설의 첫 장면 같은 분위기를 연출한다.

2018년 가을에도 산책하다가 이런 식으로 고양이 한 마리를 만났다. 11월 즈음, 아마도 오후 두세 시. 인근 교회 주차장 주변 차도에 구슬피 우는 흰 고양이가 나타났다. "아니 갑자기 왜 이런 곳에?"라는 기분이 들 정도로 갓 태어난 듯 작은 고양이가 목 놓아 울고 있었다. 나 말고 이미 주변에 사람들이 꽤 있었다. 시골 인심은 고양이에게도 적용된다. 고양이를 해치려는 사람은 없었다.

하나같이 "너 여기서 뭐해?" "누구 찾아?" 염려하는 분위기였다. 그러나 고양이는 계속 울었다. 저러다 목이 쉬지 싶을 정도로 애타게 울며 호소하듯 주변의 사람들을 바라보았다.

이 고양이의 표정은 이후로도 한참 기억에 남았다. 뭐랄까, SOS를 청하는 건 맞지만 "구해줘"가 아니라 "내 이야길 들어줘"에 가까워 보여 궁금증을 자아냈달까. 문제는 아무도 그 목소리를 들을 수 없다는 점 정도였겠는데, 희한하게도 최근 읽은 소설 『마음을 조종하는 고양이』에 이 고양이의 사연을 짐작할 만한 에피소드가 나왔다.

이 소설에는 일본어로 눈(雪)을 가리키는 유키라는 이름의 고양이가 등장한다. 녀석의 첫 등장은 비명이다. 유키는 까마귀에게 쫓기며 고양이마을을 찾아온다. 그런 유키를 구한 건 인간의 마음을 조종하는 고양이 미스지. 유키는 마침 미스지에게 용건이 있었다. 유키가 이곳까지 찾아온 까닭, 목 놓아 울면서도 결코 도망치지 않았던 건 실종된 '엄마'를 찾겠다는 굳은 결의 덕이었다.

아기고양이 유키가 말하는 '엄마'는, 진주 씨의 고양이 '미남'이 그러하듯 고양이가 아니라 인간 여자다. 유키는 자신을 소중히 길러준 여자를 엄마라고 부르며 따른다. 그런 엄마가 실종되자 도움을 청하러 목숨을 걸고 먼 길을 온 것이었다.

나는 이 소설을 읽으며 지난가을에 우연히 만났던 흰 고양이를 떠올렸다. 차도 변, 낯선 장소에 위험을 무릅쓰고 나타난 흰 고양이. 어쩌면 흰 고양이가 그곳에 나타났던 것은 소설 속 유키처럼 소중한 인간, 예를 들어 엄마나 아빠를 구하기 위한 것은 아니었을까. 그렇다면 이날, 흰 고양이의 SOS는 무사히 전해졌을까, 아니면······.

부기.
이 글을 적은 후 얼마 후, 백진주씨의 애묘 미남이가 갑자기 세상을 떠났다.
삼가 고묘의 명복을 빕니다.

엄마의 식물 생활

2018년 여름, 은행나무와 첫 에세이를 계약했다. 처음엔 "내가 쓴 잡글이 책이 될 수가 있을까?" 싶었지만 일 년 가까이 작업하는 모습을 지켜보자니 아아, 에세이란 참으로 신기한 분야구나 싶다. 그중에서도 특히 신기하게 생각한 것은 내가 쓴 글에 그림이 붙는다는 점이었다.

나는 추리소설을 쓴다. 소설 본문에 그림이 들어가는 건 코난 도일이나 겪을 수준의 횡재다. 그런 내 책에 그림이 들어가다니, 것도 나를 그림으로 그렸다니 참으로 신기한 일이었다. 나를 캐릭터로 만든 작가의 이름은 안난초. 인터넷을 찾아보니 일러스트 외에 웹툰도 그리고 있었다. 작가의 웹툰 제목은 『식물 생활』. 다정한 푸른 녀석들이 잔뜩 사는 세상의 이야기였다, 작가는 식물과 함께 사는 사람들을 만나 인터뷰하고 그 이야기로 웹툰을 그렸다.

4월, 이 웹툰이 책으로 나온다기에 바로 예약 구매해서 받았다. 그랬더니 식물의 이름표가 따라왔다. 어린 시절 화분에 "이 꽃의 이름은 무엇입니다." 같은 식으로 적어 놓곤 했던 플라스틱 이름표 말이다. 마침 이 이름표가 제격일 화분이 집에 있었다. 최근 엄마가 꽃을 심은 스티로폼 화분.

얼마 전 읍사무소 앞에서 작은 축제가 열렸다. 정확한 명칭까지는 모르겠다. 4월이니까 벚꽃축제 아니었을까. 서울에서 벚꽃 축제하면 여의도가 떠오른다. 한강 변을 가득 메운 벚꽃나무. 만개한 나무 아래 꽃을 구경하는지 사람을 구경하는지 구별하기 힘든 복작복작한 풍경. 이곳은 다르다. 읍사무소 앞 작은 마당과 그 앞 좁은 2차선 길을 막고 물건과 포장마차가 서는 정도로 축제란 명칭을 붙인다.

축제에서 엄마는 봄꽃모종을 몇 개 사 오셨다. 2018년 이맘때 샀던 플라스틱 화분에 세 개를 심고, 나머지는 얼마 전 딸기를 샀을 때 받은 스티로폼 박스에 심었다. 나는 이 스티로폼 화분에 『식물생활』 사은품으로 받은 플라스틱 이름표를 꽂으며 옛날을 떠올렸다.

초등학생 때까지 안산에 살았다. 아버지가 만화가라서 예술인 아파트에 좋은 조건으로 입주할 수 있었다. 엄마는 베란다에 식물을 잔뜩 키우셨다. 어렸을 때 기억이라 확실치는 않지만 내 키만 한 나무도 몇 그루 있었던 것 같다. 엄마는 베란다에서 많은 시간을 보내셨다. 그리고 이런 화분이 가득한 곳 끄트머리, 창고 앞에는 장독이 몇 개고 나란히 줄서 있었다.

어렸을 때 외할머니는 직접 장을 담갔다. 우리 집에도 외할머니가 담근 장이 있었다. 그렇게 담근 고추장 된장은 우리 집 베란다에서 일 년간 먹을 귀중한 양식이 됐다. 나는 이 고추장으로 떡볶이를 해먹었다. 직접 담근 고추장은 가만두면 위에 하얗게 곰팡이가 피고 아래쪽엔 물이 고였다. 나는 그런 고추장의 하얀 곰팡이를 살살 벗겨낸 후, 아래쪽의 물을 피해 진득한 장 부분만 퍼서 냄비에 담았다. 떡과 어묵을 넣고 적당히 끓여 먹었다.

외할머니가 돌아가신 이후 장독은 없어졌다. 내 키만한 나무(이제는 성인이라 허리춤까지 오는 수준의 나무들이겠지)도 없다. 나란히 선 화분에 담긴 꽃들을 보자니 옛날처럼 베란다를 꾸미고 싶어진다. 엄마를 졸라 다시 한번 베란다 가득 나무를 심고 장독을 놓으면 어떨까. 엄마와 함께 외할머니처럼 장을 담가보는 것도 즐거울 것 같다. 그런다면 나는 이것을 가리켜 엄마의 식물생활이라고 부를 테다.

사람 부르면 다 돈이야. 혼자 고치면 천 원이야!

　지금의 집으로 이사 올 때부터 변기가 시원찮았다. 이게 무슨 강 약 약 중강 약약도 아니고 몇 번은 잘 내려갔다가 또 몇 번은 안 내려갔다. 단번에 용변을 처리하는 법이 없어 물 내림 버튼을 연거푸 눌러줘야 했다. 슬슬 부아가 치밀어 사람을 부를까 고민하던 무렵, 책 한 권을 떠올렸다. 제목하여 『안 부르고 혼자 고침』

　2017년 10월, 당시 마흔이었던 나는 잠시 독립했었다. 갑작스러운 질문 끝에 두려움이 일었다. 그 질문은 "이대로 가족과 함께 살다가 나 혼자 남으면, 예를 들어 나이 예순이 넘어 독립해도 괜찮을까?"였다. 지금이나 그때나 나는 연애는 물론이거니와 결혼과는 거리가 먼 인생을 살고 있다. 이렇게 어영부영 살다가 결국 혼자 늙어 죽으면 곤란하지 않을까 싶어 가족과 상의 끝에 시한부 독립생활을 시작했다.

　집 근처에 원룸형 아파트를 구했다. 지은 지 40년 가까운 오래된 아파트다 보니 보수할 곳 투성이였다. 철로 된 현관문은 무슨 까닭인지 반쯤 박살이 난 상태로 방치되어 있었고, 그 탓에 보조키가 수시로 고장 났다. 비가 오면 베란다 새시를 중심으로 곰팡이가 폈고, 겨울이면 보일러가 말썽이었다. 그래도 좋았다. 종일 아무것도 안 하고 집에서 뒹굴뒹

굴하거나, 라면을 세 끼 연속 먹는다거나, 밤에 잤다가 다음날 밤에 일어나도 타박하는 사람이 없는 건 난생처음이었다.

이런 내게 친구가 『안 부르고 혼자 고침』을 선물했다. 처음엔 무슨 제목이 이래, 했다가 책을 펴자마자 "고마워!"를 말해버렸다. 당시의 내가 궁금해하던 모든 것이 적혀있었다. 간단하게는 전구를 가는 방법부터 시작해서, 현관문 도어록이 먹통이 되었을 때 대처법, 겨울철 세탁기 동파 예방 등등, 이 책 한 권만 있으면 뭐든 다 혼자 해낼 수 있을 것 같았다.

2년이 지난 지금, 나는 변기 문제로 골머리를 앓다가 이 책을 떠올렸다. 일단 거실 서재로 돌아갔다. 책장 한 편에 잘 꽂혀있던 문제의 책을 손에 들었다. 차례를 훑어 변기 부분을 찾아 펼쳤다. 안타깝게도 우리 집 변기의 문제는 책에 적혀있지 않았다. 대신 마법의 주문은 발견할 수 있었다.

작업비용
부르면 40,000원
혼자 고침 1,000원

그래, 사람 부르면 다 돈이야. 혼자 고치면 천 원이야! 나는 이 주문을 중얼거리며 다시 변기와 씨름을 계속했다. 이후 한 달이 지나도록 해결책은 찾지 못했다. 수압 탓도, 수조 통 안의 검은 고무마개가 헐거운 탓도, 버튼에 딸린 연결 줄의 길이가 어중간한 탓도 아니었다. 울컥해서 몇 번이고 주변에 SOS를 청하려고 하다가도 마법의 주문 "사람 부르면 4만 원, 혼자 고치면 천 원"을 떠올리면 불편함을 버틸 수 있었다.

가까스로 변기의 문제를 해결한 건 이 글을 송고하기 전날 자정 무렵이었다. 초고를 쓴 후 다시 한번 변기를 살피러 화장실에 갔다. 그런데 오늘따라 변기 안쪽이 아니라 변기 외부, 정확히 말하자면 물 내림 버튼에 시선이 갔다.

음, 뭔가 헐거워 보여. 잠깐, 설마 저것 때문에?

미심쩍은 마음으로 물 내림 버튼을 잡았다. 헐거운 나사를 꽉 조였더니 물이 새지 않았다. 시험 삼아 버튼을 눌러보니 물도 단번에 콸콸 잘 내려갔다. 고민은 한 달이 넘었지만 고치는 건 3초면 충분했다. 일단 안 부르고 혼자 고치기는 성공했다. 사람 부르면 4만 원, 혼자 고치니 0원이다.

그런데 이상하다. 자꾸 억울한 기분이 든다. 왜지. 안 부르고 혼자 고쳤는데 왜 이렇게 억울하지?

까치의 푸른 빛 희망

　　서울에 첫눈이 왔다지만 우리 동네엔 아무 기별도 없는 날이었다. 해가 떠 있어도 추운, 가을보다는 겨울이란 말이 어울릴 만큼 뺨에 닿는 바람이 매서운 날이었다. 네 발로 걷는 개의 걸음이 여느 때보다 빠른, 부들부들 떨면서도 산책로를 수색하는 일을 결코 멈추지 않는 날이었다.

　　이런 날, 나는 그 새를 보았다. 어린 시절 읽었던 동화 『파랑새』에 나오는 파랑새가 저랬을까, 몸뚱이가 푸른 빛을 띤 회색이었다. 한 떼의 파랑새. 이들은 어디서 왔을까. 파랑새 근처를 끊임없이 얼쩡거리는 까치들이 해답을 알려주었다. 아, 까치 새끼였다. 나는 이 날 처음 알았다. 까치 새끼는 파랑새와 같은 색을 띤다는 사실을.

　　까치 새끼들은 오종종 걸었다가 튀어 올랐다가를 반복하며 내 시야를 어지럽혔고, 그때마다 까치는 불안하기 짝이 없는 날갯짓으로 검은 날개를 파닥였다. 혹여 자기 새끼에게 수상한 누군가, 예를 들어 나나 우리 집 개가 접근하지 못하도록 경계하면서.

　　뜻하지 않게 파랑새를 마주치고 나니 최근 읽은 소설 차무진의 『인 더 백』이 떠올랐다.

나는 차 작가의 소설 『해인』을 읽은 후 그의 팬이 되었다. 『해인』은 총 세 번 읽었다. 처음 도서관에서 빌려서 두 번을 연달아 읽고, 속편이라고 할 수 있을 『모크샤, 혹은 아이를 배신한 어미 이야기』를 읽고 또 읽었다. 그렇게 읽을 때마다 『해인』은 새로운 교훈을 준다. 이런 차 작가와 직접적인 인연이 닿은 것은 그의 아내 덕이었다. 네이버 블로그에 2017년 8월, 소설 『해인』의 평을 올렸다. 그러고 얼마 후, 비밀댓글이 달렸다. 차 작가의 아내라며 평을 좋게 써줘서 너무 고맙다는 내용이었다. 이 댓글에 답글을 달며 시작된 인연이 지금까지 이어질 줄은 이때엔 짐작하지 못했다.

그런 식으로 안부를 묻게 된 차 작가. 2019년 초, 신작을 쓰는데 책이 나올 출판사가 안 정해졌다는 이야기를 들었다. 이 소식에 나는 가장 먼저 김민섭 작가가 생각났다. 우연히 카페 홈즈에서 만나 받았던 김 작가의 명함에는 "당신이 잘 됐으면 좋겠습니다"라는 문구가 적혀있었다. 이런 사람이라면 차 작가의 소설을 가장 멋진 형태로 이끌어줄 수 있지 않을까 기대가 됐다.

한참 눈치를 보다가 장문의 메시지를 보냈다. "이러저러한 작가님이 계신데 정말 좋은 소설을 쓰시는 분이다. 요다에 추천해주실 수 있겠느냐"는 요지의 글이었다. 다행히 김 작가는 바로 OK를 외쳤다. 이후 출간이 결정되기까지 일사천리였다. 장편이 출간될 사이 차 작가와 몇 개의 앤솔러지 작업을 같이 했다. 『인더백』과 비슷한 시기에 시공사에서 함께 작업한 『좀비썰룩』이 나왔고, 2020년에도 청소년을 대상으로 한 앤솔러지가 씨앤톡 출판사에서 나올 예정이다.

세상이 이토록 지저분한 것은 각자 지켜야 할 것이 있기에 그런 것이리라. 만약 누군가가 세상이 아름답다고 말한다면 그는 소중한 것을 지키고 있다는 뜻이리라.

선과 악은 애초부터 존재하지 않았다.

인간에게는 그저 각자 소중한 무엇만 존재할 뿐. 아이가 그에겐 그런 존재였다. 아무리 세상에 대고 대답을 물어도 세상은 알아들을 수 없는 말로 대답했다. 아무리 원망해도 합리를 보여주지 않았다. 앞으로도 그럴 것이다.[***]

차무진 작가의 『인더백』은 백두산 폭발에서 시작한다. 식인 바이러스가 한반도를 뒤덮는다. 인간이 인간을 먹는 지옥도가 펼쳐진다. 이런 상황에서 주인공은 식인자들을 피해 남쪽으로 피난을 간다. 오래전 6.25의 참상이 이랬을까 싶을 지독한 여정이다. 그의 여정이 점점 더 힘들어지는 까닭은 커다란 가방에 숨겨둔 여섯 살 아들 탓이기도 하다. 식인자들은 주인공의 아들과 같은 야들야들한 살결을 특히 탐낸다. 주인공은 그런 식인자들로부터 아들을 지켜야 한다.

지옥에 떨어져도 희망이 있으면 살아갈 이유가 생긴다. 희망이 있는 자는 강하다. 소설 『인더백』에서 희망의 다른 이름은 아들 한결이다. 주인공은 아들을 위해 산다. 아들을 살리고 싶다는 강한 의지는 주인공이 살아갈 수밖에 없는 강한 의지가 되고, 희망이 된다.

나는 그런 주인공의 삶의 의지에서 까치와 파랑새를 떠올린다. 우리

[***] 차무진 『인더백』(요다, 2019), 373쪽

동네 까치는 어디서 날아왔을까. 까치들은 파랑새를 낳으며 무슨 생각을 했을까. 그리고 이 파랑새가 서서히 자라 어른이 되어가는 모습을 보며, 늘 곁에서 지키며, 까치의 머릿속엔 어떤 생각이 펼쳐질까.

어쩐지, 까치의 머릿속에 펼쳐지는 그 생각은 푸른 빛 희망일 것만 같다.

간호사가 뭐기에

만화라는 것은, 책이라는 것은, 사회의 축소판이다. 그것을 어떤 장치보다 적나라하게 드러내기에 이렇듯 울림이 있는 것이리라.

고등학생 때였던 것 같기도 하고 대학생 때였던 것 같기도 하고 아무튼, 『동물의사 닥터 스쿠르』를 참 재밌게 읽었다. 이 만화를 읽은 후 작가의 책을 찾다 보니 정확히 기억은 나지 않지만 "???? 간호사"라는 만화가 있었다. 이 만화에서는 상당히 적나라하게(내가 뭘 알겠냐마는) 병원에서 일어나는 이야기들이 적혀 있었다. (후에 일본드라마로도 제작되었다. 그 일본드라마 역시 챙겨보았다) 당시 나는 그저 "하하" 웃고 넘어갔더랬는데, 이번에 『리얼 간호사 월드』를 보고 나니 "아, 이게 웃고 넘어갈 만한 일이 아니구나."라고 느꼈다.

불면증이 있다. 최근엔 유럽에 다녀와 시차 적응을 하지 못해 한동안 괴로웠다. 그러다 보니 잠을 제때 자지 못하는 게 얼마나 힘들까 상상하는 것만으로 안타깝다. 만화 속 간호사는 제때 잠을 이루기 힘들다. 늘 3교대다 보니 비몽사몽 상태로 몇 시간 자지 않고 다시 일어나려고 들기도 한다. 그런 모습을 보자면 그저 짠하다. 이런 간호사들과 함께 지내는, 동고동락하는데도 마음을 알아주지 않는 듯한 수간호사의 한 마디 "너는 유산하니까 얼굴 좋아졌다?"를 보자면 "저걸 지금 농담이라고 하는 건가?" 싶은 기분이 들기까지 한다.

곧 새벽 여섯 시다. 어딘가의 간호사는 하품을 하며 교대를 준비하고 있을까. 그들의 오늘 하루가 행복하기를, 조금은 덜 감정노동에 시달리는 하루가 되기를 진심으로 바라본다.

날자, 날자꾸나. 네게 다시 사랑이 찾아오도록

산책하기 좋은 계절이다. 개와 함께 나가면 억새로 뒤덮인 강가가 나를 반긴다. 억새는 하늘하늘 바람을 따라 춤을 추며 소리를 낸다. 눈을 감아본다. 귀를 기울인다. 어디선가 염소가 운다. 개가 짖는다. 그리고 닭이 운다.

서울에 살 동안에는 닭 울음소리를 거의 들을 수 없었다. 이곳에 이사 오고 나서야 익숙해졌다. 아파트 앞 쪽문 찻길을 따라 내려가자면 상가건물에서도 닭을 키운다. 꼬끼오 소리가 들리면 닭 주인에게 묻고 싶어진다. 당신은 목 놓아 우는 저 닭을 잡아먹으려고 키웁니까, 아니면 반려로 키웁니까.

어린 시절 학교 앞에 자주 병아리 장사가 왔다. 엄마는 병아리를 사지 말라고 했다. 학교 앞에서 파는 것들은 잘 자랄 만한 것을 제외한 우수리라고 했다. 그런 것들은 닭이 되지도 못하고 금세 병들어 죽을 것이라 했지만 삐약 삐약 우는 꼴을 보자면 저절로 주머니로 손이 갔다. 나도 모르게 동전을 몇 개고 꺼내는 일을 멈출 수 없었다. 내가 키우던 병아리는 모두 죽었다. 친구 중에는 간혹 한두 마리 닭으로 잘 키워냈다는 소문이 나기도 했다. 하지만 그들을 잡아먹었는지 아니면 평생 같이 살

앉는지 그 후의 이야기까지는 알 수 없었다. 최근 본 김현중 소설집 『마음의 지배자』에 실린 단편 「묘생만경」에는 내가 궁금해 했던 살아남은 닭들의 사생활이 적나라하게 펼쳐진다.

귀촌을 동경해 이사를 간 주인공 가족은 여느 귀촌 가정과 마찬가지로 자잘한 불협화음을 맞닥뜨린다. 하지만 결국 어떻게든 된다. 살아간다는 것은 서서히 자신의 귀퉁이를 둥그스름하게 가다듬는, 혹은 날카롭게 세우는 일이다. 그것은 자신을 지키는 행위이자 최소한의 보호막이 된다.

주인공 가족은 언젠가부터 병아리를 키운다. 한두 마리도 아니고 무려 스무 마리다. 서울에서라면 금세 죽어버렸을 병아리들이 이곳에서는 무난하게 자란다. 수탉과 암탉이 패를 나눠 힘자랑을 하기까지 한다. 가족은 한 마리, 두 마리, 자족하는 생활을 위해 이들을 잡아먹는다.

이들 중 흰 부리라는 암탉이 있다. 흰 부리는 남과 비슷하게 태어났지만 남보다 늦됐다. 자신을 지킬 덩치를 키우지 못했고 날카로운 부리를 갖지도 못했다. 을의 자리에서만 평생을 살아온 이는 자신이 갑이 될 수 있는, 혹은 평등할 수 있는 세상이 있다는 사실을 모른다. 흰 부리가 그랬다. 그저 살아있기 위해 버티는 것 외에 선택지가 없었다.

이런 흰 부리에게 실낱같은 희망이 날아든다. 수탉의 2인자 통키다. 남들의 시선이 닿지 않는 곳에서 우연히 만난 흰 부리와 통키는 소소한 시간을 공유하기 시작한다. 나란히 앉아있는 것만으로, 서로 부리를 맞대고 있는 것만으로도 사랑할 수 있다는 사실을 나는 이 두 마리 닭을 통해 배웠다. 평화는 오래 가지 않는다. '그 사건'이 일어나고 만 것이다.

이후 흰 부리의 마음은 어둠이 지속된다. 이때의 흰 부리는 영화 〈조커〉를 떠올리게 하고도 남을 만큼 암담하다. 칭찬이 필요한 날이 있다. 이 세상 모든 사람이 널 배신해도 나만큼은 네 곁에 늘 남아있겠다고 말해주는 누군가가 있었으면 싶은 날이 있다. 이 날, 흰 부리의 곁에 그런 누군가가 나란히 있어줬다면 어땠을까.

작가 김현중은 「묘생만경」의 끝에 실은 후기를 통해 어린 시절 경험을 반추한다. 특히 후기에 실린 두 번째 문단은 몇 번이고 되풀이해서 읽고 싶을 만큼 충격적이다. 작가의 후기를 보고 나면 다시 한번 처음부터 끝까지 단편을 읽고 만다. 이렇듯 다시 읽은 단편은 새삼 더욱 깊은 비극으로 다가온다.

흰 부리의 삶에 깊이 공감한다. 그날 밤의 비극을 맞닥뜨리고 만 흰 부리를 안타까워하면서도 자꾸만 행복하기 짝이 없었던 흰 부리와 통키의 밀회, 희망의 장면을 곱씹는다. 나도 모르게 응원한다. 희망을 버리지 말라고 메시지를 보내보는 것이다.

날자, 날자꾸나.

네게 다시 사랑이 찾아오도록 그저 날아오르자꾸나.

비 오는 날, 내가 전화를 하거든

2018년 4월, 대림동의 어느 건물에서 약 120마리의 햄스터가 발견됐다. 철거를 3일 앞두고 건물을 살펴보기 위해 이곳을 들렀던 건물주는 서랍장부터 시작해 박스, 세숫대야 등 장소를 가리지 않고 살고 있는 햄스터를 목격하고 바로 상황을 파악했다. 아, 햄스터가 유기됐구나. 건물주는 이런 햄스터를 죽게 만들고 싶지 않아 SNS에 도움을 요청했다. 이후 작은 기적이 시작되었다. 수많은 사람들이 햄스터 구조를 응원했다. 자원봉사자들이 속속 찾아와 건물을 청소하고 햄스터들에게 적당한 보금자리를 만들어주는 한편, 전국 각지에서 선물이 도착했다. 그 덕에 햄스터들은 모두 구조될 수 있었다.

문제의 사건에서 영감을 얻어 적은 동화가 출간됐다. 책의 제목은 『우당탕 201호의 비밀』. 햄스터, 고슴도치, 개와 동거 중인 작가 강로사의 작품이다. 이 책에는 위기에 빠진 햄스터를 구조한 과정이 초등학생도 이해할 수 있는 아주 쉬운 말들로 적혀 있다. 나 역시 단번에 읽었다. 읽고 나자 가장 먼저 떠올린 건 2018년 언젠가 비가 오는 날이었다. 그날, 나는 한 동물을 만났다. 집으로 가는 골목 어드메, 나보다 앞서 걸어가는 객이 있으니 흰 개였다. 흰 개는 비를 추적추적 맞으며 몸을 더럽

히다가 마침 보이는 빌라 입구로 다가갔다. 그대로 빌라 입구에 털썩 주저앉아 비를 그었다. 그때부터 내 고민이 시작되었다. 지금 이 개에게 우산을 줘야 할까, 혹은 우리 집으로 데리고 가야 할까. 개가 하필 빌라 입구에 앉았기에 시작된 고민이었다. 그건 저 개는 빌라에 사는 누군가가 풀어 키우는 개일 수도 있다는 뜻이었기에.

내가 사는 읍은 워낙 좁아 걸어서 3분에서 5분이면 각종 관공서가 모두 나온다. 그곳에서 조금만 더 걸어가면 논과 비닐하우스다. 이중엔 거주형 비닐하우스도 많다. 이런 곳에는 어김없이 개가 산다. 이 개들은 대부분 운신이 자유롭다. 언젠가는 차도를 따라 달리는 백구를 목격한 적도 있었다. 물론, 이 백구 역시 근처 비닐하우스에서 키우는 개였다. 이 날 만난 흰 개 역시 그런 개들 중 한 마리일 가능성이 있었다. 너무 멀리까지 산책을 왔다가 비가 와서 돌아가는 길을 잠시 잃었을 수도. 그래서 나는 망설였다. 내 고민을 눈치챈 듯 흰 개는 나와 눈을 잠깐 마주치는가 하더니 그대로 엎드린 후 가만히 나를 바라보았다.

결국 내가 먼저 고개를 돌렸다. 다가가지 못했다. 내 갈 길을 갔다.

이후, 나는 몇 날 며칠을 고민했었다. 내 선택이 정말 옳았을까. 나는 잘못된 판단을 한 게 아니었을까. 이 책을 보자니 그때의 일이 떠올라 잠시 괴로웠다. 역시 그때 나는 손을 뻗어야 했다고 한참 자책하다가 심호흡을 깊게 했다. 아무리 고민을 해도 해답이 나오지 않는다면 누군가에게 도움을 청하는 것이 나을 듯했다. 내가 도움을 청한 이는 눈앞의 동화였다. 몇 번이고 책 안에서 인생의 해답을 찾았다. 이번에도 그런 행운이 따를지 모른다. 그리고 나는 또 운이 좋았다. 책은 어김없었다. 나를 배신하지 않았다. 주인공 우린의 마음에 해답이 있었다.

'어쩌면 곳곳에 숨어 있지 않을까? 나처럼 동물을, 햄스터를 진심으로 아끼는 사람들이.'****

나는 어떻게든 혼자 결론을 내리려고 했지만 책의 주인공 우린은 나와 달랐다. 홍보 일을 하는 엄마에게 솔직하게 사정을 털어놓고 햄스터를 도와달라고 부탁한다. 그러자 많은 사람들이 모인다. 우린의 생각처럼 동물을 사랑하는, 햄스터를 도와주고 싶어 하는 사람들이 하나 둘 모여 구출을 돕는다. 그래서 나는 생각한다. 다음에 이런 기회가 오면 혼자 고민하지 말고 주변에 도움을 요청하겠다고. 그래서 나는 상상한다.

비 오는 날, 다시 개와 만난 나를, 일단 도움을 요청하는 나를, 가장 먼저 이 동화를 쓴 강로사 작가를 떠올린 나를.

그러니 강로사 작가님, 비 오는 날, 제가 혹시 전화를 하거든 꼭 받아주시겠어요?

**** 강로사 『우당탕 201호의 비밀』 (아르볼, 2019), 98쪽

우리, 계속 살아있기로 해요

오래 전 오빠가 죽었다. 친오빠는 아니지만 친오빠라고 할 만큼 친하게 지냈던 사이였다. 오빠가 죽은 원인은 정확하지 않다. 오빠는 군생활에 적응하지 못했다. 몇 번이고 탈영을 반복했고, 그때마다 나를 비롯한 친구들은 하나같이 "괜찮아, 곧 괜찮아질 거야."라며 오빠를 위로했다. 하지만 결국 오빠는 죽었다. 사고인지 자살인지 불확실한 방법으로.

오빠가 죽은 건 11월이었다. 이후 나는 11월이 다가오면 우울했다. 연말 증후군이 아니라 11월 증후군. 나는 그때만 되면 죽음을 생각했다.

우울함을 떨쳐버리고 싶어 몇 번이고 오빠의 이야기를 소설로 적었다. 소설을 적고 나면 조금 마음이 나아졌다. 하지만 추억은 여전히 내 곁에 있었다. 차곡차곡 모으던 다이어리에는 오빠와 주고받았던 편지가, 함께 찍은 사진들이, 오빠가 줬던 자잘한 선물들이 가득했다. 그래서 난생처음 연애를 해보기로 했다. 11월생인 남자와 연애를 하면 더는 우울해지지 않을 거야, 그렇게 얕은 생각으로 시작한 인생 첫 연애는 결국 엉망진창으로 끝이 났다. 그때 나는 처음 알았던 것 같다. 수단으로의 연애는 나와 상대, 모두에게 예의가 아니라는 사실을.

첫 연애를 대실패로 끝낸 후 나는 더 우울해졌다. 몇 번이고 죽으려고 들다가 깨달았다. 아, 내가 우울증이구나. 이러다 정말 죽을지도 모르겠구나. 그래서 나는 내 발로 병원을 찾았다. 이후 우울증 치료를 2년 가까이 받으며 자기 자신을 사랑하는 연습을 했다. 이때 나는 또 알았다. 누군가를 사랑하려면 먼저 자기 자신을 사랑할 수 있어야 한다는 사실을.

이후 몇 번이고 누군가를 진심으로 사랑하려고 노력했다. 하지만 아무리 시간이 흘러도 가슴이 끓어오르는 일은 일어나지 않았다. 아주 오래전부터 내 심장은 차갑게 식어버린 것 같았다. 오빠가 죽던 그때, 내 심장도 죽어버린 듯 누구를 만나도 오랜 시간 관심을 이을 수 없었다. 노력은 해봤다. 어떻게든 조금 더 만나보려고, 연락을 이어보려고 했지만 그 때마다 숨을 쉴 수가 없었다. 상대가 날 좋아한다는 티를 낼수록 나는 숨고 싶어졌다. 엉엉 울다가 결국 미안하다고 말하고 황급히 여행을 간다며 도망친 적도 있었다. 미안해, 정말 미안해. 나는 늘 그 말만 반복했다. 적어도 내게 사랑이란 그렇게 어려운 일이었다. 그런 사실을 알고 나면 나는 또 죽고 싶어졌다. 인간답지 않은 내가 싫어서, 자괴감에 빠져 결국 죽는 게 낫지 않을까 그렇게 스스로를 설득하고는 아주 쉽게 몇 번이고 자살을 시도했다.

하지만 결국 나는 이렇게 살아남았다.

나는 가끔 믿을 수가 없다. 내가 지금 살아있다는 사실이, 어떻게든 버티고 이렇듯 무언가를 적어내리고 있다는 사실이 놀랍기만 하다. 그리고 나는 가끔 이런 나와 닮은꼴인 사람들을 만나곤 한다. 최근 읽은 책 『엄마는 행복하지 않다고 했다』에서 나는 또 다른 누군가를 발견할 수 있었다.

누군가에게 쉽게 기대하지 않는다. 쉽게 실망하지도 않고 쉽게 이해하려 들지도 않는다. 두렵기 때문이다. 나는 나 자신조차 정확히 알지 못한다. 나의 감정은 언제나 널을 뛰듯 하늘 끝까지 올라갔다가 땅까지 떨어져 버린다. 언젠가는 죽고 싶다가도 다음 순간이면 행복에 겹다. 이런 나를 이해하지 못하면서 어찌 타인에 대해 함부로 재단할 수 있을까. 어찌 감히 그렇게 쉽게 타인에게 날 바라봐 달라고 부탁할 수 있을까. 그런데 나는 감히 이 책을 보며 아주 조금 용기를 내고 싶어졌다. 당신에게 공감한다고 말하고 싶어졌다.

나는 당신에게 공감했습니다.
나는 살아도 좋다고 생각합니다.
그러니 당신도 그저 살아있으라고 말하고 싶어요.

우리, 계속 살아있기로 해요.

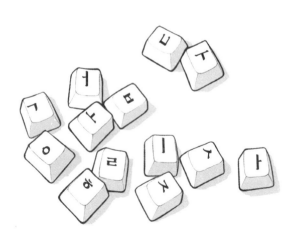

덕질하러 서울 갑니다

왕복 5시간 출퇴근이라도 행복해

요즘 나는 전철이 아닌 철도, 경춘선을 타야 서울에 간다. 특히 홍대나 합정, 망원동 부근은 편도 2시간, 왕복 4시간이 족히 걸린다. 이런 내가 어지간해서는 본업(바리스타), 것도 서울로 일하러 오라고 할 일은 없을 줄 알았다. 그런데 2018년 12월 이변이 일어났다. 여러 개의 마감을 어떻게든(?) 처리하고 오랜만에 망원동 '카페 홈즈'에 갔다가 뜻밖의 제안을 받은 것.

"우리 카페에서 주 4일 일하지 않을래요?"

마음 같아서는 일정과 거리 핑계를 대며 바로 거절하고 싶었다. 하지만 다른 어디도 아닌 '그' 카페 홈즈였다. 카페 홈즈, 이곳은 내가 생각하는 이상적인 카페에 한없이 가깝지 않았던가.

내가 생각하는 '이상적인 카페'는 혼자 오는 손님에게 관대하고 물론 오래 있어도 눈치 주지 않는다. 자유롭게 읽을 수 있는 책이 가득하고 음악은 클래식이나 재즈를 작게 튼다. 카페를 방문한 사람들이 원한다면 자연스러운 교류의 장을 만들어준다. 단, 이곳에서 나눈 이야기는 서로의 합의 없이는 결코 다른 곳에서 발설하지 않는다는 조건 하에.

카페 홈즈는 이런 이상에 상당히 근접해 있었다. 나는 바로 오케이를 외쳤다가 딱 한 가지 더 걱정했다. 그건, 나의 또 다른 정체, '작가'였다.

내가 생각하는 좋은 카페의 공식 중 하나는 누구나 거리낌 없이 오는 공간이었다. 그런데 카페 홈즈에서 추리 소설가라는 본업을 밝히자니 염려스러웠다. 혹시라도 손님들이 (작가인) 내가 불편해(소설 속 피해자로 만든다든지 할까 봐) 카페의 발길을 끊으면 어쩌나, 하고 말이다.

고민 끝에 시작한 카페 홈즈 근무, 얼마 지나지 않아 모두 사서 고민이었다는 사실을 깨달았다. 손님들은 진짜 작가, 것도 추리 소설가가 셜록 홈즈의 이름을 건 카페에서 일한다니 재미있어 했다. 게다가 이런 식으로 카페를 찾은 방문객 역시 흥미로웠다. 유명 작가라든가 시나리오 작가, 번역가, 출판 관계자, 아동문학가, 기자 등 각계각층의 글쟁이들이 묵묵히 일을 하다가 몇 마디씩 가볍게 대화를 나누는 모습을 보자면 아, 그래. 이게 내가 바라던 카페야, 그 오랜 옛날 프랑스 살롱이 이랬을까, 하고 기뻤달까. 이런 방문객 중 단연 기억에 남는 이가 있다면, 나와 다른 언어로 소설을 쓰는 작가 Brittni Chenellel 이었다.

1월 13일 일요일, 카페 홈즈에 특별한 예약이 잡혔다. 무슨 책 홍보 영상 촬영을 한다는 이야기에 그런가보다 했는데 막상 등장한 건 국적을 넘나드는 수상한 무리(?)였다. 알고 보니 이들은 아마존을 통해 발표된 영문 소설 『Kingdom Cold』의 북 트레일러를 찍기 위해 카페 홈즈를 찾은 것이었다.

나는 이 무국적팀을 취재했다. 내가 한국말로 책에 대해 작가(브리트니)에게 물으면, 작가는 영어로 대답한다. 이렇듯 아주 희한한, 한국 말을 알아듣기만 하는 영어권 작가(브리트니)와 영어를 알아듣기만 하는 한국 작가(나)의 대화가 끈질기게(안 되면 작가 남편의 통역으로) 이어졌다. 그렇게 알아낸 사실을 종합해 보니 소설의 내용은 다음과 같았다. 이 부부가 어떻게 연애했는가, 그리고 결혼했는가를 판타지로 풀어냈단다.

카페와 판타지라니, 거기에 연애담이라니. 나는 대체 어떤 내용일지 궁금했다. 이런 내 말에 무국적팀은 "2주만 기다려 달라"고 대답했다. 작가의 소설 『Kingdom Cold』의 유튜브 영상을 완성하는 대로 링크를 보내주겠다는 이야기였다. 2주가 지나 정말 링크가 왔다. 설레는 마음으로 영상을 확인했다가 바로 기쁨의 비명을 질렀다.

무국적팀이 카페 홈즈와 내게 작은 선물을 줬다. 『Kingdom Cold』의 북트레일러는 책 홍보 영상인 것과 동시에 내 소설과 카페 홈즈가 멋지게 등장한 홍보 동영상이기도 했다. 나는 문제의 영상을 몇 번이고 번갈아 보며 생각했다. 아, 카페 홈즈에서 일하기 잘했어. 왕복 4시간이 아니라 5시간이라도 통근할 만해, 벌써부터 이렇듯 즐거우면 앞으론 얼마나 더 좋은 일이 생길까 흥미진진해, 하고 말이다.

🎞 『Kingdom Cold』 북트레일러

동구만 있으면 괜찮을 것 같아

평생 전철을 탄 횟수를 모두 합치면 몇 회나 될까. 하루 왕복 두 번씩 스무 살 때부터 20년을 이용했다고 치면 아무리 적게 잡아도 2만 번 이상은 탔을 것이다. 그리고 이렇게 자주 전철을 타다 보면 당연히 '그 일'이 생긴다. 무언가를 잃어버리는 일, 즉 소지품 분실 말이다.

덤벙거리는 성격이라 자주 물건을 잃어버린다. 대부분 작은 것들. 지갑이라던가 책, 휴대폰, 가벼운 옷이나 우산, 카페에서 입을 앞치마에 커피 텀블러, 심지어는 생일 선물로 받은 인형을 받자마자 잃어버린 적도 있다. 최근엔 이런 일이 상당히 줄어들었다. 남양주로 이사를 온 후 전철 자체를 타는 일이 드물어진 덕이다. 지금이야 망원동의 카페 홈즈까지 출퇴근을 하느라 경춘선을 타고, 서울 지하철을 갈아타고 통근을 하지만 이러기 전까지는 매일 집과 동네 주변을 걸어 다니는 게 하루 일과의 전부였다.

그래서일까, 다시 경춘선을 타고 출퇴근하자 더 심한 덜렁이가 되어 버렸다. 평소보다 훨씬 잦은 빈도로 뭔가를 떨어뜨린다. 책갈피, 신용카드, 휴대폰, 가끔은 옷이나 가방을 열고 다녀도 전혀 눈치채지 못한다. 주변의 친절한 분들이 내게 "이거 떨어뜨렸어요." 라던가 "가방 열렸어!"

하고 달려와 알려주는 일을 일주일이 멀다하고 겪고 있자면 세상은 아직 따뜻하구나, 새삼 깨닫는다. 이번에도 이런 식으로 멍청히 걷다가 물건을 하나 잃어버렸다. 어지간해서는 까먹을 일이 없을 것 같은 3kg이 넘는 백팩을 선반에 올려놓은 채 종착역인 상봉역에서 내렸다.

출퇴근하는 시간이면 혹시 지루할까 책을 몇 권씩 가방에 넣고 다닌다. 가끔 퇴근하며 이 가방에 근처 서점에서 구입한 책 몇 권을 추가하는 경우도 있다. 그래서 나는 전철에 타면 일단 가방을 선반에 올린다. 커다란 가방을 잊는 일은 어지간해서는 없다. 늘 책을 넣고 다니다 보니 평균 무게가 3kg이 넘는다. 게다가 책을 읽다가 고개를 들면 바로 눈앞에 가방이 있으니 잊을래야 잊을 수 없다. 그런데 이 날은 달랐다. 한 손에 책, 다른 손에 핸드폰과 교통카드가 잘 있는 것을 확인한 후 눈앞의 가방은 잊어버렸다.

책을 읽다가 내려야 할 지하철역을 지나친 적이 잦다. 어렸을 때부터 책이나 게임 등 뭔가에 집중하면 늘 그런다. 이 날도 그랬다. 집에서 들고 온 책에 너무 푹 빠져든 탓에, 가방을 갖고 탔다는 사실을 잊어버렸다. 이렇듯 날 푹 빠지게 만든 책의 주인공은 사람이 아니라 개였다.

어쩌다 보니 우리 집에 온 개와 9년을 함께 살았다. 이름은 외자 몽이지만 부르는 방법에 따라, 혹은 털을 깎는 방식에 따라 이름이 달라진다. 개몽돌씨, 호나우딩몽, 해골몽, 개나리 등으로 부르다가 최근엔 개몽돌씨에 정착했다. 개몽돌씨는 언제나 나와 함께 글을 쓴다. 내가 글을 쓸 때면 무릎 위에 올라와 팔꿈치에 턱을 괴고 심할 때엔 코까지 드르렁 드르렁 골며 잠이 든다. 나는 이런 개몽돌씨를 깨울 수 없어 두 시간이고 세 시간이고 꼼짝도 못 하고 글을 썼고, 이 결과물이 한 권 두 권 책으로 나와 지금의 내가 될 수 있었다. 그래서 가끔 그런 생각을 한다. 개몽돌씨는 나를 바른 길로 이끄는 페이스메이커일지도 모르겠다고, 지금의 내가 있는 건 8할은 개몽돌씨 덕인 것 같다고.

내가 가방을 까먹고 내리게 한 문제의 책에는 그런 개몽돌씨를 꼭 닮은 개의 이야기가 적혀 있었다. 그 개의 이름은 홍동구, 그가 주인공인 책의 제목은 『반려견과 산책하는 소소한 행복일기』 다.

동구와 작가가 함께 살아온 이야기를 들여다보자니 그저 웃음이 난다. 작가의 모습이 나와 닮아서, 개와 함께 사는 이야기가 우리 집 이야기 같아서 그만, 가방을 잃어버렸다는 사실을 깨닫고도 "동구만 있으면 괜찮을 것 같아."라는 안일함에 젖어버린다. 종착역인 상봉역에서 내려 인파에 밀리듯 계단을 걸어 내려가면서도 책의 여운에 빠져 "아아, 가방 쯤 잃어버려도."라고 중얼거리며 행복했던 것이다.

물론, 그 행복은 10분 후 "아악, 안 돼!" 비명을 지르며 역무실로 뛰어가는 걸로 끝나버리고 말았지만 말이다.

부기.
후에 이 경험을 바탕으로 개 홍동구가 아닌 사람 홍동구가 주인공인 소설 「멸망하는 세계, 망설이는 여자」를 썼다. 요다출판사에서 나온 종말 앤솔러지 『모두가 사라질 때』에 실은 이 단편은 영화화가 될 예정이다.

직선 무늬 떡살을 아십니까?

카페 홈즈의 업무가 6월 말로 종료됐다. 참 많은 일이 있었다. 다양한 분야에서 일하시는 분들을 만날 수 있었고, 카페 홈즈를 소재로 한 앤솔러지 『카페 홈즈에 가면?』을 출간하고 북토크도 진행했으며, 역시 카페 홈즈를 소재로 한 장편 『반전이 없다』의 카카오페이지 연재를 시작했다. 활동반경이 넓어지니 자연스레 새롭게 만난 사람들의 숫자도 늘었다. 함께 떡볶이를 1점을 나눠먹은 사람의 얼굴만 떠올려도 최소 스무 명 이상이니, 지난 반 년간 내 사회생활은 성공적인 편이었다고 생각해도 괜찮을 듯하다.

어렸을 때를 떠올리자면 지금의 나는 의아하다 못해 희한하다. 중학교 시절까지 나는 친구 사귀는 법을 알지 못하는 전교 왕따였으니까. 중학교 시절 왕따를 당한 사연은 첫 번째 에세이 『좋아하는 게 너무 많아도 좋아』에도 언급한 적이 있다. 이런 중학교 시절을 버틸 수 있었던 건 어디까지나 책 덕분이었다. 수없이 많은 책, 심지어는 교과서를 보면서도 나는 몰입했다. 이런 과몰입은 우울과 불안에서 벗어날 수 있는 안식처가 되어주었다. 그러다 보니 결국 내가 최초로 모은 물건은 책이 될 수밖에 없었다. 정확하게는 만화책 단행본이 대부분으로 이 중에서도 특히, 일주일에 한 번 나오는 『아이큐 점프』는 거의 집착하다시피 했다.

화요일(목요일일 수도 있다)마다 천오백 원씩 주고 샀던 것 같긴 한데 확실치는 않다. 하지만 내가 동생한테 이렇게 말한 건 기억이 난다. "야, 가서 아이큐점프랑 떡볶이 사고 거스름은 너 가져." 그러면서 아마 동생한테 천 원을 줬다. 지금 생각해 보면 이런 악덕 누나도 없다. 당시 내가 주간 『아이큐 점프』를 모을 수밖에 없었던 이유는 간단했다. 이제는 설명이 필요 없는 만화 『드래곤볼』을 보기 위해서.

중학생 시절, 『드래곤볼』이 한창 연재 중이었다. 그걸 보는 게 왕따 생활의 얼마 안 되는 낙이다보니 매주 용돈을 털어 잡지까지 샀다. 일단 동생이 잡지를 사오면 첫 장부터 끝장, 애독자코너까지 외우도록 봐야 직성이 풀렸다. 그러고도 왠지 아쉬워서 어느 정도 분량이 쌓이면 내 나름 분권을 시도했다. 당시 만화대본소에서는 잡지를 분권한 후 두꺼운 종이를 대서 대본소에서만 파는 단행본 같은 형태로 책을 만들곤 했다. 나는 그런 걸 흉내 내서 내가 좋아하는 만화만 모았던 것으로, 지금 생각해 보면 이게 최초로 수집벽을 발휘한 순간이었던 듯하다.

나는 최근까지 꽤 자신이 있었다. 이 정도로 심한 수집벽을 가진 인간은 나밖에 없을 거야, 하는 이상한 자신감. 그런데 이 생각이 달라졌다. 최근 나보다 훨씬 심한, 역사와 전통과 투자(?)를 자랑하는 수집가를 발견하고 말았다.

2019년 1월, 마음산책 북클럽에 가입했다. 이후 두 번의 북클럽 모임에 가서 작가 강연을 들었다. 이 중 6월에 들은 강연은 청중이 적었다. 나 역시 처음엔 안 가려고 했다. 강연 전, 미리 보라고 도착한 연사의 신간 제목이 마음에 안 들었다. 『앤티크 수집미학』이라니, 내 인생에 단 한 번도 모아본 적 없는 물건의 이야기였다. 그랬다가 당일 도착한 이메일에 마음이 바뀌었다. 이메일의 내용을 한 줄로 정리하자면 이렇다. "오늘 오시면 샌드위치 드려요." 아, 샌드위치. 그날따라 왜 그렇게 이게 당기던지 식탐이 귀찮음을 이겼다. 그렇게 찾은 강연장에서 나는 샌드위치는 물론이거니와 강연에도 흠뻑 빠졌다. 나보다 훨씬 심한 수준의 수집벽을 가진 저자 박영택의 취미에.

이 책의 저자 박영택은 수집벽이 있다. 처음에는 사소한 물건들, 연필이나 지우개 같은 소소한 것들에서 시작했다가 정신을 차려보니 앤티크에도 손을 대고 있었단다. 억 단위의 수집벽 사연을 좔좔 읊어대는 걸 듣다가 정신을 차려보니 나는 한손에 노트를 들고 흠흠 소리를 내며 끊임없이 앤티크를 수집하는 구체적인 방법을 내리 적고 있었다. 그리고 연이은 질의응답시간, 나는 결국 손을 들고 말았다. 것도 제일 먼저 번쩍. 그러고는 물었다. "아까 말씀하신 것 중에 직선 무늬 떡살이란 게 있던데" 나는 혼자서 5분 이상 직선 무늬 떡살에 대한 집요한 자료를 요구했고, 연사 역시 조금 웃겼는지 이렇게 대답하고 말았다.

"아, 직선 무늬 떡살에 꽂히셨군요."

그렇다. 꽂히고 말았다. 어느 정도냐면, 내가 쓰는 소설에 앤티크 도끼를 쓰는 기이한 인물을 적고 싶을 정도로 말이지. 이 글을 쓰는 지금도 내내 "직선 무늬 떡살"을 중얼거릴 정도로 말이지. 아무래도, 얼마 못 가 인사동을 어슬렁거린 끝에 정말 떡살을 구입할지도 모르겠다.

그렇게 동네서점이 된다

2018년 6월 27일, 이사를 온 날의 일이다. 읍사무소에 들러 전입신고를 마치자마자 동네를 한 바퀴 돌았다. 괜히 읍이 아니다. 엔간한 건 집을 중심으로 5분 거리에 모두 있었다. 빵집, 카페, 도서관, 우체국, 분식점, 마트 등을 비롯해 교회에 치킨집, 피자가게, 설렁탕집 등 없을 게 없는 듯했건만 딱 한 가지 빠진 게 있었다.

서점이었다.

있어야 할 건 다 있고 없을 건 없는 화개장터 같은 마을에 왜 서점이 없나, 좀 의아했다. 하지만 다시 생각해 보니 그럴 수도 있겠다 싶었다. 서점만큼 망하기 쉬운 장사도 없으니까.

2019년, 반년간 아르바이트를 한 망원동 '카페 홈즈'에는 언제나 갑작스레 손님이 찾아 들었다. 3월 21일도 그랬다. 최근 재미있게 읽은 『태도의 말들』을 펴낸 유유출판사 대표님의 아내분이 오셨다. 그분은 파주에서 땅콩문고를 운영하셨던 분인데, 첫 인사가 남달랐다.

"안녕하세요, 망한 땅콩문고 사장입니다."

나는 이 말을 듣자마자 아, 하고 몇 년 전 일을 떠올렸다. 땅콩문고에서 찰리 브라운과 스누피로 대표되는 만화 『피넛츠』 크리스마스 선물

세트(정확한 명칭은 아니지만)를 구입한 적이 있었다.

빈스 과랄디. 이름을 모르는 이는 있어도 선율을 모르는 이는 없으리라. 『피넛츠』 우리나라에서는 스누피로 먼저 떠올리게 되는 애니메이션 시리즈의 메인 테마 연주곡 "따라 따따다 따라따"(어떻게 설명을 해야 할까 고민하다가 본문 하단에 유튜브 QR 코드를 건다)가 바로 빈스 과랄디 트리오의 소리다. 땅콩문고에서는 이런 빈스 과랄디 트리오의 앨범 중 크리스마스 에디션을 책과 묶음으로 판매했다. 『PENUTS 아트 오브 피넛츠』와 이 만화를 그린 작가 찰스 슐츠의 에세이 『찰리 브라운과 함께한 내 인생』, 그리고 빈스 과랄디 트리오의 'A CHARLIE BROWN CHRISMAS' 앨범을 팔다니 이건 내게 주는 크리스마스 선물인가 싶었다. 바로 오프라인 서점에 전화를 걸어 온라인 서점에서 하듯 주문을 했더니 얼마 지나지 않아 상자 안에 땅콩 그림이 그려진 캔버스백이 담겨 왔다.

그해 크리스마스는 따듯했다. 특히 빈스 과랄디 앨범 커버로 스누피의 집을 만들 수 있는 게 마음에 들었다. 나는 스누피 집을 접어 세운 후 크리스마스 소원을 빌었다. 오래오래 있어주세요, 땅콩문고. 결과적으로 소원은 이뤄지지 않았다. 나는 착한 아이가 아니라 나쁜 어른이었을까, 얼마 지나지 않아 SNS를 통해 땅콩문고가 문을 닫았다는 소식을 접했다.

 🎵 〈피넛츠 테마 연주곡〉

이런 인연이 카페를 찾아왔다. 내가 만든 음료를 마시며 담담하게 자신을 망한 서점 사장이라고 말하다니, 나는 아무 관련이 없다는 사실을 알면서도 생긴 지 얼마 안 된 한 작은 서점 한 곳을 떠올려버렸다.

망원동의 간판들은 심심찮게 모습을 바꾼다. 어제까지만 해도 분식점이었던 곳이 오늘은 쌀국숫집이 되어있는 일이 부지기수다. 2018년 10월 2일 망원동 안쪽 골목에 서점이 생겼다. 이름은 '그렇게 책이 된다'. 10명 안팎이 앉으면 가득 찰 작은 책방이다. 우연히 서점이 오픈한 날 들른 이후 꾸준히 가고 있다. 땅콩문고 사장님을 뵙고 나니 이곳이 떠올랐다. 2월에 책을 많이 사서 3월에 책을 안 사겠다고 호기롭게 선언했는데 갑자기 염려가 됐다. 후다닥 서점으로 달려가 책을 두 권 구입하고, 마침 카페를 찾은 작가님 두 분 역시 한 권씩 강매(?)시킨 후 회원가입까지 완료했다.

아무도 시키지 않았는데 알아서 책을 팔자니 갑자기 이런 생각이 들었다. 혹시 동네서점이란 이런 것이 아닐는지, 안부를 염려하는 단골이 하나 둘 늘어날 때 그곳은 그렇게 '동네서점'이 되는 것일지도 모르겠다고.

그렇게 책이 된다 ☞

그 코스에 18금 홍등가 넣어주세요

　서울, 마포경찰서를 마주 보는 위치에 작은 약국이 한 곳 있다. 이 약국은 우리가 흔히 아는 의약품 외에도 조금 독특한 품목을 취급한다. 그건 바로 책. 이 약국 안 책방의 이름은 '아직 독립 못 한 책방' 줄여서 '아독방'이다.

　'아독방'을 처음 찾은 건 2019년 8월이었다. 이곳이 '핫' 하다는 말을 망원동 자주 가는 서점 '그렇게 책이 된다'에서 들었다. 줄여서 '그책다'의 이유리 사장은 내게 이곳이 인스타그램에서 상당히 유명하다는 이야기를 들어주었고, 호기심이 생긴 나는 인스타그램에 들어갔다가 아독방의 치명적인 댓글에 푹 빠져들어 한참 지켜보다가 첫 에세이가 나왔을 무렵, 소심한 아는 척을 시작했다. 구체적인 아는 척인 즉슨, 출판사에 부탁을 드려 내 생애 첫 에세이를 보내드린 것. 과연 내 책에 어떤 반응을 보일 것인가, 좋아할 것인가 가슴 졸이며 기다리던 나는, 아독방 사장이자 약사님께서는 자신의 이름 석 자 '박훌륭'처럼 너무나 '훌륭한' 평을 인스타그램에 적어주신 것에 감화 감동, 이후 직접 '아독방'을 찾아가 내 사인본을 들여놓기에 이르렀으니, 오늘은 이런 '아독방'에서 우연히 자주 만난 작가 한 명을 소개할까 한다.

옷깃만 스쳐도 인연이라는데 이상하게 자꾸 마주치는 사람이 있다면 그건 얼마나 큰 인연일까. SNS에 '알 수도 있는 사람'에 한 얼굴이 몇 개월에 걸쳐 뜨면 못 참고 친구 추가를 할 만큼 스치는 인연에 관심이 많은 성격이다 보니 세 번이나 우연히 만난 공가희 작가에게도 호기심이 생길 수밖에 없었다.

우리는 세 번 우연히 만났다. 첫 만남은 '아독방'에서 책을 사서 나오면서 "자, 인증샷을 찍어 봐야지" 하는데 뒤에서 덥석 누군가 날 잡았다. "작가님!"하고 부르더니 다음 말이 바로 "사인해주세요!"였다. 나는 "누, 누구야. 이 사람?"하면서도 내 책을 사준다니까 약국 안으로 줄래줄래 도로 들어가 사인을 하고 내 책을 팔았다. 그러고 한 달쯤 지났을까, 또 '아독방'에 갔다가 공 작가를 만났다. 이번엔 마주치자마자 서로 막 웃었다. 그러고 이틀 후 '아독방'이 아닌 다른 장소에서 또 공 작가를 만나버린다. 망원동 동네 책방. 전장에 언급한 '그렇게 책이 된다'에 마침 공 작가가 또 와 있었다. 나는 그렇게 세 번을 마주치자 하도 기가 막혀 말할 수밖에 없었다. "내가 이거 글로 쓴다, 정말."

알고 보니 공 작가는 작가 겸 대표였다. 자신의 이름을 걸고 2019년 초 '공출판사'라는 출판사를 차린 이후 『어떤, 여행』『어떤, 시집』에 이어 최근엔 『어떤, 낱말』과 『어떤, 문장』까지 '어떤, 시리즈'를 꾸준히 내고 있었다. 이렇듯 시리즈가 4권이나 나왔는데 이제 와서 책을 손에 들었다고 하자 인스타그램에서 유명세를 떨치고 있는 또 다른 '아독방'의 객 H군에게 퉁을 들었다. "아니, 그 책을 이제야 읽으십니까?"라는 말, 평소 같으면 "어디서 시비야!" 했겠으나 책을 손에 들고 읽어 보니 음, H군의 말이 옳았다. 이 책은 한참 전에, 그러니까 내가 2019년 유럽으로 여행을 가기 전에 읽어야 했다.

지난 추석 연휴 유럽에 다녀왔다. 패키지로 갔다 보니 꽉 짜인 스케줄로 움직이느라 자유시간이 없었지만 즐거웠다. 패키지 자체가 일반적이지 않았기에 유럽에 있는 미술관이며 문학관을 순례할 수 있었으니까. 하지만 이 책을 읽고 나니 아쉬움이 생겼다. 다른 곳은 차치하더라도 네덜란드 홍등가는 좀 피곤하더라도 가볼 것을!

공 작가는 이 책에서 네덜란드에 다녀온 경험도 이야기한다. 공 작가는 우연히 사귄 네 명의 프랑스 남자(!)들과 함께 홍등가를 다녀왔다. 그곳에서 엄청난 경험을 했다는 이야기는 아니었지만 뭐랄까, 외국인 친구들과 다녔다는 이야기만으로 가슴이 콩닥콩닥 뛰었달까. 이후 책을 읽는 내내 생각했다. 혹시, 만에 하나, 우리 다음에 함께 네덜란드에 가면 나도 저기……할 때, 공작가가 SNS에 이런 덧글을 달아주었다.

"돈벼락 맞으면 영주 작가님 데리고 네덜란드 가야지."

나는 이 덧글을 보자마자 스크린샷을 떠서 증거를 남긴 후 덧글을 달았다. "콜!" 그 후, 차마 SNS에 공개적으로 덧붙이지 못했던 덧글을 칼럼 말미에 달아본다. 그 코스에 홍등가, 꼭 넣어주는 겁니다, 응?

부기.
설마 이 출판사에서 내 책을 내게 될 줄이야. 이건 인연이 아니라 운명 수준인 듯하다.

 ✎ 아직 독립 못 한 책방

꽃은 아프지 않게 사라지는 방법을 알까

2016년, 난생처음 출간 기념회라는 걸 경험했다. 소설 『붉은 소파』가 세계 문학상을 받은 덕이었다. 출간 기념회 당일 나는 딱 한 가지 생각만 했다. 아, 이제 당분간 놀아도 되겠구나! 이 기대가 깨진 것은 직후였다. 기자들은 물었다. "차기작은 어떻게 하실 건가요?" 차기작이라니. 나는 속으로 어지간히 당황했다. 책을 내자마자 다음 책을 벌써 생각해야 하는 건가? 본래 작가는 그런 건가? 그래서 나는 떠오르는 대로 대답해버렸다. "아, 세계의 문이라고 그림을 소재로 한 소설을 쓰려고⋯⋯." 세계문학상을 줄여서 만들어본 제목이었다.

다음 날 신문에 내가 말한 게 실려버렸다. 그림을 소재로 한 소설, 차기작 제목은 '세계의 문'. 내가 무슨 밀란 쿤데라의 소설 『농담』 속 주인공도 아니고 말 한마디 잘못했다가 큰일 났구나 싶었다. 그래서 이때부터 뒤늦게 그림을 공부하기 시작했다. 전시회에 많이 가고, 도록도 공부하고, 화가들의 전기도 읽고, 아무튼 그림과 관련된 건 다 읽었지만 벼락치기로 시작한 공부가 그렇게 쉽게 결과물을 낼 수 있을 리 없다. 여전히 문제의 '세계의 문'은 어림 반푼어치 없는 이야기다.

대신 새로운 취미가 생겼다. 그림을 구입하는 일.

2016년, 그림 공부를 위해 우연히 동화 쓰는 송미경 작가의 전시회에 갔다가 그의 작품 두 장을 구입했다. 이유는 딱 하나, 그가 정한 소재가 마음에 들었다. 내 소설 제목은 『붉은 소파』. 송미경 작가의 소재는 의자. 알고 보니 송미경 작가는 의자를 보면 그림을 그리는 취미가 있다고 했다. 그렇게 송미경 작가의 그림을 구입한 후 내게는 한 가지 버릇이 생겼다. 우연히 길을 가다가 멋진 의자를 발견하면 작가에게 사진을 찍어 보낸다.

2019년, 또 한 장의 그림을 구입했다. 페이스북을 둘러보다가 우연히 아작이라는 화가의 그림을 보았다. 아작 화가의 그림은 나를 사로잡았다. 무언가를 강하게 말하는 듯한 깊은 눈동자. 나는 그 눈동자가 마음에 들었다. 무작정 전시회를 찾아갔다. 늦은 밤이었다. 다른 화가들과 함께 하는 전시회라 아작의 작품은 거의 다 팔린 상태였다. 나는 꼭 한 점집에 들여놓고 싶어서 언제 또 전시회가 열리는지, 가격은 얼마쯤 하는지 물어봤다. 5월에 전시회가 열리고 소품 한 점의 가격은 얼마라는 이야기를 들은 후 작은 목표를 세웠다. 그때까지 열심히 글을 쓰자. 신작 계약을 해서 그 돈으로 아작의 그림을 구입하자.

5월 2일이 왔다. 아작 & 김원근 초대전 〈순순한 상상. 純〉이 같은 화랑에서 열린다는 이야기에 첫날 바로 전시회장을 찾았다. 벌써 소품 몇 장 중 한 점이 팔린 상태였다. 나는 급한 마음에 소품만 훑은 후 바로 한 장을 골랐다. 최근 머리를 단발로 잘랐다. 그런 나와 닮은꼴이라고 생각이 드는 그림 한 점이 있었다. 그림의 제목은 '꽃은 아프게 사라지지 않는 방법을 알까'였다.

그렇게 그림을 구입하고 나자 화백과 차 한잔하며 이야기할 여유가 생겼다. 이런 그림을 그리는 화가가 좋아하는 책을 알고 싶어졌다. 화가는 시를 좋아한다고 했다. 여러 명의 시인 이름을 이야기하다가 황인찬이란 시인의 이야기와 그가 쓴 시집 『희지의 세계』 이야기가 나왔다. 화백이 꼭 한 번 만나고 싶은 시인이라며, 팬이라고 하는 이야기에 나는 대답했다.

"꼭 그 소원이 이루어졌으면 좋겠습니다."

전시회가 끝나고 집에 그림이 왔다. 눈높이에 그림을 붙이고 그 앞에 서서 화백이 말한 시집 『희지의 세계』를 들고 읽었다. 그리고 영감이 내게로 왔다. 이 날, 나는 마침내 그림을 소재로 한 소설의 한 틀을 정할 수 있었다. 시인과 화가. 시인의 시를 그림으로 그리는 화가. 그들의 사랑 이야기. 어쩐지 그런 이야기를 적고 싶어졌다.

찬이와 섭이, 그리고 진구

초등학생 시절, 연말마다 학교에서 크리스마스 실(Christmas seal)
을 사라고 했다. 반마다 안 사는 아이가 없었다. 하지만 쓸모는 다들 알
지 못했다. 분명 나도 그 때마다 씰을 사면서, 이런 걸 대체 언제 쓸까 생
각했던 것 같다. 나이가 들고 나서도 한동안은 그 생각에 변함이 없었
다. 어디까지나 첫 책을 내고, 내게도 독자라고 생각할 분들이 생기고,
그 중 누군가 내게 편지를 쓰고 싶다고 연락할 때까지의 일이다. 지방에
사는 독자 희선 씨와 펜팔 친구가 된 후 예쁜 엽서나 편지지, 카드를 보
면 무심코 사고 만다. 해외에 나갈 때면 우표를 사고 싶어진 것도 이맘
때의 일이다. 마음 놓고 편지를 쓸 수 있는 상대가 있다는 사실은 참 행
복한 일이 아닐까.

편지를 쓰다 보니 깨닫는다. 책을 쓴다는 행위는 편지를 쓰는 일과
닮은 꼴이라는 사실을. 내 책을 읽는 누군가는 내가 보낸 편지를 받는
누군가이며, 그가 쓰는 서평은 답장이 된다는 생각 말이다. 여기서 나아
가 나는 또 생각하고 만다. 누군가와 함께 쓰는 책은 어떤 느낌일까. 그
것은 어쩌면 한 권의 책에 서로가 주고받은 편지를 모아놓은 느낌과 비
슷하지 아닐까. 여기, 그렇게 3년간 편지를 주고받듯 글과 그림을 쓰고

모아 책을 낸 동갑내기 작가가 있다. 김효찬, 정명섭 작가. 별명하여 찬이와 섭이. 이들은 3년간 역사적인 의미가 있는 서울의 골목길을 함께 걸은 기록을 모은 책 『오래된 서울을 그리다』을 출간했다.

둘은 참 다르다. 책의 프롤로그를 빌려 소개하자면 찬이는 자기 사업을 하다가 그림을 시작했고, 섭이는 바리스타를 하다가 작가가 되었다. 찬이는 차 한 잔 마실 시간이면 그림을 뚝딱 그려내지만, 섭이는 온종일 그려도 그림 한 장 완성하지 못한다. 이런 찬이와 섭이가 함께 서울을 걷기 시작했다. 동갑내기의 산책은 늘 둘만 한 것은 아니다. 가끔 이들에게는 함께 가는 동무가 있었다. 예를 들어, 노진구 아니고 노명우라던가.

2018년, 서울 은평구 연신내에 니은서점이라는 작은 동네서점이 생겼다는 소식을 들었다. 이 서점을 차린 노명우 교수란 사람이 누군지 나는 잘 알지 못했다. 〈채널예스〉에 연재되는 노명우 교수의 칼럼을 읽고 나서야 "와, 재밌는 칼럼을 쓰시는 서점 주인이다"라는 생각을 했을 뿐이다. 이런 니은서점에 어쩌다 보니 가게 됐다.

정명섭 작가 덕이다. 지난여름, 정작가는 자신의 다른 책 『유품정리사』가 나와 북토크를 하게 되었다며 "떡볶이를 사줄 테니 같이 가자"며 나를 비롯해 몇 명을 니은서점에 데리고 갔고, 나는 떡볶이 대신 돈가스를 먹고 니은서점에 갔다가 만화 도라에몽에서 빠져나온 듯한 노 교수를 만나고 만다. 대관절 어디서 저런 옷을 구해 입으셨는지, 바로 옆 책장 가장 높은 곳에 나란히 줄지어선 만화 속 주인공 노진구와 꼭 닮은 코스프레를 한 노 교수에게(의도는 아니었다는데 하필 이 날 나라는 덕후가 서점에 들른 바람에 눈에 띄고 마셨다) 흥미를 느꼈다. 이후 나는 니은서점의 객 중 한 명이 된다. 이때까지 들도 보도 가도 않은 동네 연신내, 굽이굽이 골목을 들어가 나온 초록색 페인트칠을 한 작은 서점을 남양주에서 몇 시간을 걸려 몇 번이고 찾았다. 그런 니은서점에서 찬이와 섭이의 북토크가 열린다니 빠질 수 없었다.

겨울의 니은서점은 다른 계절과 풍경이 별반 다르지 않았다. 북텐더들은 제자리에 서서 수수한 웃음으로 객을 맞아주었고, 이런 북텐더를 놀리듯 찬이와 섭이는 귤을 까먹으며 도란도란 다정하게 이야기를 주고받았다. 두 동갑내기가 주고받는 이야기는 운치 넘치면서도 정다워 자연스레 웃음이 터져 나왔다가도 다음 순간이면 아, 하고 감탄이 흘러나왔다.

그것은 책의 풍경과도 꼭 닮은 꼴이었다. 북토크가 끝난 후로도 서울 곳곳을 지나치다 문득 생각났다는 듯 책을 펼칠 때면 어디선가 찬이와 섭이의 웃음소리가 들리는 것만 같았다. 그리하여 지금 이 순간만 해도 이 글을 쓰면서도 나는 무심코 주변을 두리번거리고 마는 것이었다. 아, 여긴 서울 아니고 남양준데, 서울의 골목은 한참 먼데도 불구하고 말이다.

 힙 니은서점

갓 동식 헤밍웨이

　어렸을 때부터 사람과 어울리는 걸 싫어했다. 그런데 어쩌다 보니 바리스타란 직종이 세간에 알려지기도 전, 직업이 되어버렸다. 이후 일터에서만 성격이 변했다. 흔히 말하는 개방형 외톨이의 탄생이다. 밖에 나가면 사회인 흉내를 꽤 내지만 집에 오면 아무것도 안 하려고 든다. 특히 지금 이곳, 경춘선을 타고 서울을 오가는 남양주로 이사를 온 후로는 더 심해졌다. 집에서는 이불 밖이 위험한 줄 안다. 이불로 굴을 만들어 그 안에 파고들어 헤헤 웃으며 만화나 소설을 본다. 그러고도 시간이 남으면 스멀스멀 봄기운이 피어오르는 강둑으로 개와 산책을 간다.

　이런 내게 최근 위기가 있었다. 『카페 홈즈에 가면?』 출간을 기념해 난생 처음 북토크를 하게 된 것. 북토크가 가까워질수록 신경이 곤두섰다. 예전부터 이랬다. 남들 앞에 서는 일이 생길 때마다 급격히 도망치고 싶어졌다. 어떻게든 핑계를 만들거나, 그 상황을 모면하려고 안간힘을 썼다. 이번에도 마찬가지였다. 북토크를 성공적으로 하고 싶다는 마음에 반비례하여 도망치고자 하는 욕구가 커져만 갔다. 아, 이러다 북토크 당일 튀는 것 아냐, 하고 고민할 무렵 우연히 접한 책 한 권이 내 마음을 달래주었다. 그 책은 김동식의 신간 『하나의 인간, 인류의 하나』였다.

2018년 1월, 김동식이란 작가가 책을 내고 첫 북토크를 카페 홈즈에서 한다는 소식을 들었다. 바로 그의 이력을 살폈다. 남들이 한창 공부할 나이에 사회생활을 시작한 후 공장에서 일을 하다가 2016년부터 글을 쓴 이후, 첫 책을 내기 직전까지 300편이 넘는 단편을 인터넷 게시판에 연재하며 댓글로 글 쓰는 법을 배운 작가. 흥미로웠다. 이력만으로 충분히 내가 좋아하는 작가가 되고도 남을 것 같았다. 나는 그의 책을 재빨리 세 권 구입한 후 북토크를 기다렸다. 그런데 북토크 당일이 되자 도망치고 싶은 병이 도졌다. 북토크에 얼마나 많은 사람이 올지 상상하자 그곳에서 버틸 자신이 없었다. 만에 하나 내가 작가란 사실이 들통(?)이라도 났다가는 어색하게 인사를 해야 할 텐데, 그 광경을 상상만 해도 숨을 쉴 수 없었다. 그래서 나는 어떻게 카페 홈즈까지 간 후, (당시엔 아직 단골 카페에 불과했던) 카페 홈즈 사장님께 내가 구입한 그의 책 세 권을 맡겼다. 사인을 부탁한 후 다시 집으로 돌아갔다.

끊임없이 북토크에서 도망치고 싶었던 그 날, 나는 사장님이 대신 받아줬던 김동식의 사인본 세 권을 떠올렸다. 당장은 책이 없었지만 핸드폰은 있었다. 카카오페이지에 장편소설 『반전이 없다』의 연재를 시작한 후 반응이 궁금해 카카오페이지를 기웃거리다 보니, 김동식의 신간을 몇 권 미리보기가 가능하다는 사실을 알게 되었다. 바로 앱에 접속했다. 무얼 읽을까 한참 고민하다가 『하나의 인간, 인류의 하나』을 골랐다.

그랬다가 바로 빠져들었다. 김동식의 소설에는 어린 시절 푹 빠졌던 전래 동화와 비슷한 느낌이 있었다. 정부의 숨겨진 장소, 그곳에 무언가 있다는 음모론과 이를 파헤치기 위해 움직이는 인물들. 요괴가 나타나 인간들을 잡아먹으려 들고, 어쩔 수 없는 상황에 빠져 식인을 강요당하는가 하면, 외계인들이 인간에게 기묘한 장치를 심는다. 그리고 마지막엔 반드시 반전.

원고지 60매 남짓한 짧은 분량에 웃고 떠들다가 정신을 차려보니 속이 다 후련했다. 이건 전래동화 말고 전혀 다른 누군가의 소설을 되풀이해 읽은 후 느꼈던 감각과 비슷했다. 누구였더라, 한참 고개를 갸웃거리다가 깨달았다.

아, 헤밍웨이다.

헤밍웨이의 소설 『깨끗하고 밝은 곳』을 읽었을 때 느꼈던 고양감을 나는 김동식이란 낯선 작가에게서 느끼고 있었다. 그래서 나는 김동식이란 이름에 헤밍웨이를 곁들여본다.

갓 동식 헤밍웨이.

이제부터 그를 그렇게 부르기로 한다.

비가 와서 다행이야

지방에 사는 작가를 만날 때면, 서울에 일부러 와 주신다는 말씀을 들을 때면, 늘 좀 더 좋은 곳에 모시고 싶어진다. 이번에 만난 김홍철 작가 역시 지방에서 오신다기에 생각이 많았다. 어딘가 좋은 데를 가야 하지 않을까, 이왕이면 건축과 관련이 있는 곳으로 정하면 좋을 듯한데 고민하는 사이 김 작가가 먼저 한 장소를 지정했다. 충정로역 근처에 새로 문을 연 서소문 성지 역사박물관에 가자는 이야기였다.

어렸을 때는 모험을 즐겼다. 어디에 무슨 커피가 맛있더라 하는 말을 들으면 찾아가기도 했지만 요즘엔 그런 일이 없다. 마포에 가면 마포원조떡볶이나 김만수키친에 들렀다가 경성커피나 프릴츠에서 커피를 한잔하거나 원두를 구입한다. 요즘엔 이 코스에 푸른약국 안 '아직 독립 못 한 책방'을 들르는 일이 추가되긴 했지만 어디까지나 허용범위 내의 이야기다. 그래서 새로운 사람을 만나는 일은 모험을 떠나는 듯한 기분이 든다. 김 작가를 만나는 날 역시 그랬다.

서소문 성지 역사박물관은 충정로역에서 걸어서 5분 거리다. 가는 동안 비가 부슬부슬 왔다. 칼럼을 쓰며 여러 명의 저자를 만났다. 희한하게도 저자를 만나는 날마다 비가 왔다. 저자들을 만나는 날마다 비가 오니까 비 오는 날이 좋아졌다. 이 날도 시작은 기분이 좋았으나 목적지에 도착했다가 당황했다. 문제의 박물관 건물이 없었다. 그냥 공원만 있었다. 이게 어찌된 영문인가 어리둥절해 하며 김 작가를 따라가다 보니 알았다. 지상은 공원, 지하에 박물관이 있는 구조다. 김 작가는 이런 박물관의 기본 정보를 잘 알고 있었다. 미리 와서 주변을 체크했다는 말에 와, 이것이 건축가의 자세인가 감탄하며 어떤 건축물을 지으셨느냐고 물었다. 그런데 건축가가 아니라 기획 전시 관련 일을 해왔다는 답변이 돌아왔다. 아뿔싸, 이런 착각을. 건축과 관련된 책을 썼기에 당연히 건축가라고 생각했는데 아니었다.

김 작가의 책 『건축의 탄생』은 세계의 유명 건축가들에 대한 만화다. 4년이란 시간을 들여 15명의 건축가가 지은 161개의 건축물에 대한 이야기를 그려냈다. 이 책에 등장하는 건축가들은 생존한 이들도 있지만 죽은 이들도 다수다. 책이 출간된 2019년 4월까지는 생존했다가 최근 작고한 이도 있을 정도다. 르 코르뷔지에나 안토니 가우디, 김수근의 이름은 보는 것만으로 가슴이 뛴다. 이런 책을 썼으니 당연히 건축가일 줄 알았다. 저자의 책과 SNS, 유튜브와 브런치 등을 꼼꼼히 살펴 나름 공부를 했는데 한참 부족했나 보다.

서소문 성지 박물관은 건축물로써 상당히 독특한 구조를 띄고 있었다. 하늘을 그대로 올려다보는 듯한 광장, 그 중앙에 선 선교자들의 상징들과 십자가 형태의 기둥들. 이런 구조를 보자니 김 작가의 책에서 봤던 무수한 건축물들이 떠올랐다. (알고 보니 이 박물관은 2019년 서울시 건축상 최우수상을 수상한 건물이었다.) 나는 작가의 책에 실린 유럽 곳곳을 비롯하여 전 세계에 걸친 유명 건축물들을 떠올리며 물었다.

"그 많은 곳을 다 가보셨나 봐요?"
"아닌데요."

아뿔싸, 대체 왜 이렇게 헛발질을 하는 건지 속으로 계속 진땀을 흘렸다. 그러면서 새삼 비 오는 날에 감사했다. 비가 와서, 날이 흐려서, 나의 당황한 표정이 보이지 않았을 거라며 자기암시를 계속 걸었달까.

작가와 헤어지고 집에 돌아가는 길, 김 작가가 페이스북에 날 만났다는 인증샷을 올렸다. 무척 유쾌한 분이라며 다음번에 만나면 피자를 사주시겠다는 말에 당황한 내 표정은 들통이 안 났구나 하며 히죽거렸다. 귀갓길, 들리지 않을 대답을 해보았다.

"작가님, 해 뜨는 날 다시 만나요!"

떡볶이로 성덕 인증

2018년 어느 날, 망원동 작은 분식점 '끼니' 앞에 작은 입간판이 섰다. 국물 떡볶이 사진에 발이 알아서 안으로 들어갔다. 그렇게 시킨 떡볶이, 맛이 특별했다. 조미료 느낌이 거의 없이 깊은 맛이 나는 떡볶이라니. 이후, 망원동 '끼니'는 내 뮤즈가 됐다. 첫 에세이에도 '먹고 쉬지 말고 돈 내고 나가라', 즉 '먹쉬돈나'와 함께 이 집을 소개했고, 이곳을 배경으로 한 떡볶이 소설도 적을 예정이다. 제목은 벌써 정했다. '둘이 먹다 하나가 죽어도 모르는 떡볶이.' 말 그대로 떡볶이 먹다가 사람이 죽는 이야기다. 이런 끼니에 최근 특별한 손님을 모시고 갔다.

2019년 8월 초 인생 최초의 에세이를 출간했다. 연이은 북토크에서 무슨 이야기를 해야 할지 한참을 고민했다. 생각이 많았다. 연극반 이야기를 해야지, 최근 제주도에 다녀온 이야기로 시작해야지. 신이 났으나 막상 북토크를 시작하자 머릿속이 텅 비었다. 떠오른 건 오직 떡볶이뿐이었다.

결국 떡볶이로 말문을 열어버렸다. 지난 일 년간 떡볶이를 매일 먹은 이야기, 떡볶이를 너무 많이 먹어서 콜레스테롤 수치가 높아지고, 몸무게가 10kg 늘어난 사연, 떡볶이 소설을 쓰기로 한 사연에 연이어 에세이도 낼 거라고 하질 않나, 북토크 시간의 상당 부분을 떡볶이에 할애하고 말았더니 북토크가 끝나고 한 여자분께 명함을 받았다. "혹시 아실지 모르겠지만 필리핀에서 떡볶이를 팔았는데"라는 말로 시작한 여자분의 자기 소개에 나는 눈이 번쩍 뜨였다. 세상에, 서울 시스터즈잖아!

10년 전, 우리 집에는 10인치 노트북 모니터 크기의 텔레비전이 있었다. 나는 아침에 일어나 잠들기 직전까지 텔레비전을 켜놓았다. 그 정도의 소음이 글을 쓰는 데 가장 좋은 리듬감을 주는 것 같았다. 이런 식으로 하루종일 켜놓은 텔레비전에서 어느 날 흥미로운 방송이 나왔다. 필리핀의 야시장, 한 포장마차에서 웬 20대 여자 두 명이 떡볶이를 팔고 있었다. 처음엔 뭘 잘못 본 건가 싶었다. 우리나라도 아니고 필리핀에서 떡볶이라니? 안태양, 찬양, 자매란다. 원룸 보증금 삼백만원을 빼서 무작정 필리핀으로 갔단다. 그렇게 시작한 떡볶이 장사가 현재는 월 매출 일억원에 달하는 떡볶이 체인점으로 발전했다고. 이 사연이 어지간히 충격적이었던 모양이다. 자기소개를 듣자마자 바로 서울 시스터즈를 떠올린 것을 보면.

그 서울 시스터즈가 내 책을 읽고 북토크에 오다니, 사인을 해달라며 자신이 누구라고 밝히다니, 이것이야말로 떡볶이로 성덕 인증 그 자체가 아닌가. 나는 덥석 손을 꽉 잡고 악수를 했다. 함께 떡볶이를 1점 먹자고 약속을 잡았다. 물론, 떠오른 장소는 망원동 '끼니'였다.

처음엔 좋은 아이디어 같았으나 막상 약속 날짜가 되니 북토크만큼 긴장됐다. 나는 지금 떡볶이 달인을 떡볶이집으로 초대하는 게 아닌가! 떡볶이가 입맛에 안 맞으면 어쩌나 하고 염려했으나 괜한 걱정이었다.

서울 시스터즈는 너무나 맛있게 '끼니'의 떡볶이를 즐겼다.

떡볶이를 맛있게 먹는 사람은, 사진도 참 맛있게 잘 찍더라. 아마도 떡볶이를 그만큼 좋아한다는 증거겠지.

♣ 떡볶이 맛집 ♣

◎ 망원동 끼니 ◎

요즘 서울 시내에서 최고로 꼽는 떡볶이집이다. 전날 미리 우려 낸 쇠고기국물로 떡볶이를 만들다 보니 맛이 깊고 진하다. 우동면발처럼 길게 뽑는 떡도 독특한 풍미를 자랑한다.

◎ 망원동 꽃추장 ◎

며칠씩 숙성한 소스로 맛을 내는 즉석떡볶이집이다. 가격대가 꽤 높고 양이 많다. 주류도 팔아서, 친구들과 함께 저녁 시간에 찾아 가볍게 한잔하며 먹기에 좋다.

◎ 숭실대 앞 손칼국수 ◎

이름이 손칼국수인데 즉석 떡볶이로 유명하다. 이곳 떡볶이의 가장 큰 특징은 칼국수 사리를 넣는다는 점이다. 20년 전에는 먹고 나면 꼭 야쿠르트를 줬었는데 지금도 그런지는 모르겠다.

◎ 선릉역 매운 떡볶이 ◎

손님이 붙여준 이름. 선릉역 앞 트럭에서 팔던 떡볶이가 소문이 나서 결국 점포까지 냈다. 예전엔 정말 너무 매워서 먹기 힘들었는데, 매장이 오픈하고 나서 가보니 순한 맛이 생겨서 안심했다.

◎ 수유역 깻잎 떡볶이 ◎

수유역에 있는 10년도 더 된 포장마차다. 떡볶이에 깻잎을 잔뜩 썰어 넣는 것이 매력 포인트다. 남양주로 귀촌하기 전, 근처 스타벅스에서 글을 쓴 후 이곳에서 떡볶이 2인분을 포장해서 집까지 걸어가곤 했다.

◎ 구리 고향 김밥 ◎

김밥집인데 떡볶이가 맛있다는 함정이 있다. 1호점은 구리시장 안에 있고, 2호점은 롯데백화점 맞은편에 있다. 1호점은 판에 한꺼번에 끓여놓고 파는 반면, 2호점은 그때 그때 만들기 때문에 맛의 차이가 있다. 실패 확률이 없는 1호점에서 먹을 것을 권한다.

그 시의 제목은 아마도 가족이 되리라

대학을 졸업한 직후 잠시 기자 생활을 했다. 일주일에 한 번 마감을 해야 하는 치의학신문이었다. 대학에서 문창과를 전공하긴 했지만 기사 쓰는 법을 배우지는 않았다 보니, 제대로 자료 조사를 하거나 취재를 하지 않고 적당히 문장을 구겨 넣는 기분으로 기사를 적다가 늘 혼이 났다. 이런 내가 유일하게 그럭저럭 해내는 건 인터뷰였다. 치의학 관련 인물들을 만나 그들의 사연을 기사로 적는 것은 취재 없이는 어림 반 푼 어치도 없는 일이라, 잔머리 굴리기라면 둘째 가라면 서러운 나조차 최선을 다할 수밖에(?) 없었다. 〈채널예스〉에 연재 중인 '프랑소와 엄의 북 관리사무소'를 보자니 이때의 일이 떠올랐다. '아, 나도 저건 그럭저럭할 줄 아는데.' 하는 생각이 들어 오랜만에 인터뷰 자리를 만들었다.

봄비가 오던 날의 일이다. 카페 홈즈로 작가 조진호를 초청했다. 작가는 과학만화, 정확히 말하자면 그래픽 노블을 그린다. 『그래비티 익스프레스』, 『게놈 익스프레스』에 이어 『아톰 익스프레스』까지, 말 그대로 중력과 유전자와 원자에 대한 이야기를 첫 장면부터 사로잡는 그림과 글로 솜씨 좋게 풀어낸다.

시리즈를 시작할 무렵 작가는 아직 교사였다. 원주에서 아이들을 가르치면서 주말이면 단골 커피집을 찾았다. 그곳에서 조금씩 펜을 놀려 그림을 그린 것이 익스프레스 시리즈가 되었다. 그 전에 작가는 게임을 만들었다. 작가가 대학시절 개발한 게임은 누구나 들으면 "아, 그거." 하는 리니지다.

게임을 개발하다가, 원주에 가서 아이들을 가르치다가, 돌연 만화가가 되었다. 이 정도만으로 충분히 인터뷰의 가치가 있다고 생각했다. 그런데 작가는 그 이상을, 정확히 말하자면 그보다 더 놀라운 가족의 이야기를 들려줬다.

인생은 육십부터라는 말이 있다. 이건 작가의 부모에게 들어맞는 말이다. 작가의 부모는 은퇴 후 충북 단양으로 귀촌해 600평의 땅을 가꿔 정원으로 꾸몄다. 봄이면 꽃이 여름이면 온통 매미가 가을이면 단풍이 지고 겨울이면 설원이 펼쳐지는 정원을 배경으로 작가의 부모는 그림을 그리고 전시회까지 개최했다. 이런 작가와 부모의 이야기를 듣고 보자니 언젠가 새벽에 지은 시 '소설'이 떠올랐다.

소설

만약 다시 태어난다면,
내가 그 생을 고를 수 있다면,
사랑하는 이의 서재에서 길이길이 남을 한 권의 삶을 고를란다.
그이에게 죽을 때까지 사랑받다,
함께 묻힐란다.

그러고도 우리에게 신이 내생을 약속한다면,

우리에게 그 생을 고르라 한다면,

한 권으로 다 못할 이야기를 상하 두 권으로 풀어내는 소설이 좋겠다.

서로 등을 부대끼고 평생을 살,

모든 이에게 사랑받는,

너와 나는,

그런 두 권의 일종 소설이었으면 좋겠다.

　나는 상상한다. 작가와 부모의 이야기가 이 시 '소설'처럼 두 권 일종의 책으로 나오는 모습을. 작가는 과학을, 부모는 정원으로 삶을 이야기하는 두 권의 책이 서로 등을 마주대고 어느 서점의 가판대에 나란히 기대고 서서 놓인 모습을. 그런 모습을 본다면 나는 또 한 편의 시를 지을지도 모르겠다. 그 시의 제목은 아마도 가족이 되리라.

제주도에게 생일선물을 받았습니다

이름 모를 책들과 여행을 떠나다

가끔 안부를 묻고 싶어지는 서점이 있다. 사람이 아니라 서점의 안부를 묻는 일은 내게는 일상다반사다. 그런 서점엔 대부분 내게 먼저 말을 걸어오는 책들이 산다. 이번 제주도 여행에서 만난 '무명서점'이 이젠 그런 곳이 됐다.

서른아홉 처음 제주도에 간 후 어쩌다 보니 매년 제주도에 간다. 1월의 제주, 2월의 제주, 5월과 6월의 제주에 이어 삼 년째인 2019년엔 7월의 제주를 만났다. 나머지 제주도 역시 차례차례 만날 셈이다. 그때도 나는 아마도, 책을 가장 먼저 고르고 떠날 것이다.

여행을 시작하며 고른 책은 늘 이정표가 된다. 7월 찾은 제주도에서도 이 법칙은 어김없이 통했다. 서재에 꽂힌 수많은 책들의 이름을 일일이 들여다보다가 마침내 고른 책은, 망원동 작은 책방 '그렇게 책이 된다'에서 구입한 존 버거의 책 『그리고 사진처럼 덧없는 우리들의 얼굴, 내 가슴』이었다. 이 책의 첫 번째 이야기는 책의 제목을 시로 논한 것이다. 그 중 특히 마음에 든 건 첫 문단이다.

신분증을 보여주기 위해,

돈을 지불하려고,
혹은 열차 시간표를 확인하느라고
지갑을 열 때마다,
나는 당신 얼굴을 본다.[*]

20년 전까지만 해도 내 지갑에는 늘 누군가의 사진이 있었다. 스티커 사진을 찍든 증명사진을 찍든 어떻게든 누군가와 함께 다니려 하는 외로움쟁이였다. 언젠가부터 지갑에 사진을 담고 다니는 일이 드물어졌다. 딱히 손목시계를 차고 다니지 않아도 별문제가 없어진 무렵의 일이다. 핸드폰으로 사진을 찍을 수 있게 된 무렵이기도 하다.

핸드폰에 카메라 기능이 생긴 이후, 어디에 가든 사진을 찍어 SNS에 올리는 게 당연해졌다. 나는 청개구리였다. 스마트폰이 유행을 타기 전에는 DSLR을 매일 들고 다녔다. 니콘 D80이라서 팔공이라는 별명을 붙여준 이후 첫 한 달은 거의 매일 천 장의 사진을 찍었다. 인터넷 사진 동호회에 가입해 많은 사람들을 만나 어깨너머 사진 찍는 법을 익힌 것도 이때의 일이다. 그렇게 좋아하던 사진이었지만 스마트폰을 갖게 된 후 그만뒀다. DSLR도 팔아버렸다. 길을 가다 문득 보이는 것들을 대충 찍는 수준, SNS에 올리는 용도 정도로만 낙서하듯 사진을 남겼다. 알아버린 탓이다. 그렇게 사진을 찍어도 훗날 열심히 보는 일은 없으리라는 사실을, 어디에 둔지조차 모르고 잊어버릴 것이라는 사실을. 사진을 찍기보다 그 순간을 기억하려고 노력하는 일이, 어쩌면 더 오래오래 가슴에 남을지도 모른다는 사실을.

*   존버거, 『그리고 사진처럼 덧없는 우리들의 얼굴, 내 가슴』 (열화당, 2004), 11쪽

이 시를 보자니 그 때로 돌아가고 싶어졌다. 핸드폰은 두고 손목시계를 차고 떠난다면 어떨까. 평소라면 생각이 들자마자 실행에 옮겼을 것이다. 혼자 하는 여행, 안전한 곳으로 떠나는 국내여행이라면 별 무리가 없었을 텐데. 이번엔 그럴 수 없었다. 떠나는 건 혼자였지만, 제주도에서 만날 사람들이 있었다. 그들을 무사히 만나려면 핸드폰은 필수였다.

여행을 떠날 때면 늘 결심한다. 지금 손에 든 책을 모두 읽고 오자. 단 한 번도 이 결심을 지킨 적이 없다. 손에 든 책 외에도 많은 책들이 눈앞에 나타나는 탓이다. 존 버거의 책 한 권을 들고 떠난 제주도 여행도 예외는 아니었다. 가는 곳마다 책을 만났다. 고산리에 있는 '무명서점'은 특히 내게 많은 말을 걸어왔다. 그곳엔 존 버거의 책이 한쪽에 전시되어 있었다. 수많은 존 버거 앞에 서서 가만히 있자니 서점 주인이 다가왔다. 내 또래로 보이는 여자는 조심스러운 말투로 "존 버거 좋아하시나 봐요?" 물었고, 나는 서울에서 함께 떠나온 책 한 권을 꺼내 보이는 것으로 대답을 대신했다.

나는 물었다. "무명서점은 무슨 뜻인가요." 이름 모를 책들이 여행을 떠나는 곳이라 무명서점이다, 라는 대답이 돌아왔다. 많은 사람들이 제주도에 왔다가 이곳, 무명서점을 들른다. 사람들은 책 한 권을 사고 그 책과 함께 떠난다. 집으로 돌아간다. 그렇게 이름 모를 책들을 만나 여행을 시작하는 곳이라 무명서점이란다. 이런 서점에서 나와 함께 떠날 책 한 권을 쉽게 고를 수 있을 리 없다. 신중해졌다. 한참 고민하며 서점 곳곳을 둘러보자니 사장이 다가왔다. 내게 책 한 권을 내밀며 딱 한 마디만 했다. "좋은 책이에요."

검은 표지의 책이었다. 이 서점의 사장처럼 꾸밈없는 책이었다. 흰색과 검은색이 선과 선으로 어우러진 책이었다. 해녀라 일컬어지는 한 인간의 책이었다. 해녀로 태어나, 해녀로 살다가, 그렇게 늙어 죽었다는 담담한 이야기의 책이었다.

작가는 이 이야기를 연필로 그렸다. 인간의 삶을 이루는 수많은 것들 중 단 하나도 놓칠 수 없다는 듯 꼼꼼한 필체로 밤하늘에 별을 수놓듯 밤바다에 파도가 별을 그리듯 인간의 삶 역시 하나의 별이라고 이야기했다. 나는 별을 닮은 인간의 이야기를 만나 그 이야기를 들여다보며 한 장 한 장 말 없는 속삭임에 귀를 기울였다가 기어코 앉은 자리에서 마지막 장을 넘기고 말았다. 그러고는 말했다. "좋은 책이군요." 나와 함께 여행을 떠나기에 이보다 어울리는 책은 없을 듯했다.

네 번째 찾은 제주도에서 나는 제주의 단면을 발견했다. 이 단면을 서울의 많은 사람들과 나누고 싶었다. 사진 한 장 없이도 그저 제주도를 느낄 수 있는 책, 이 책을 마주보는 것만으로 제주도를 느낄 수 있을 것만 같은 기분이 드는 책, 그렇게 나와 함께 여행을 시작한 책의 제목은 『DIVER』였다.

지금 이 책은 망원동 카페 홈즈에서 쉬고 있다.

내가 암이면……어쩌지?

2016년 갑작스레 백내장이 발발하는 바람에 하루 종일 검사를 받았다. 남들은 5시간 걸린다는 검사가 나만 이상한 게 자꾸 발견된다며 8시간이 걸렸다. 2019년 7월 받은 종합 검진도 그랬다. 남들은 3시간 만에 끝나고(그 남들 중에는 엄마도 있었다) 집에 가는데 오직 나만 5시간이 지나도록 집에 가란 허락이 안 떨어졌다. 이 검사를 하고 기다려라, 저 검사를 하고 나면 또 다른 검사를 더 해야겠다 하더니, 5시간 후에야 가까스로 들은 말이 이랬다.

"갑상선에 수상한 게 있군요."

나는 이 날 처음 갑상선의 정확한 위치를 알았다. 갑상선이란 건 목의 가장 아랫부분, 쇄골과의 경계더라. 내 갑상선에는 셀 수 없을 정도로 많은 숫자의 수상한 혹들, 정확하게는 결절이 있었고, 의사는 이 중 딱 하나를 꼭 집어 가리키며 이게 암일 가능성이 있다고 말했다. 암이란 단어가 이렇게 쉽게 튀어나올 줄은 몰랐다. 물론 서른여덟 살에 백내장 수술을 할 줄도 몰랐지만 그건 그거고 이건 이거다. 의사는 바로 '간단한' 조직검사를 하자고 했다. '간단한'이라는 말에 흔쾌히 고개를 끄덕였다가……10분도 채 지나지 않아 후회했다. 나는 몰랐다. 의사가 말하는 '간단한'은 등산하는 스님이 말하는 '조금만 더 가면 정상이야'랑 비슷하다는 사실을.

영화에서 그런 장면을 자주 봤다. 사고가 난 현장, 응급상황에서 의사들이 달려온다. 숨을 못 쉬는 환자들에게 "기도를 확보합니다!" 소리를 지르고는 바늘로 목을 쿡 찔러버린다. 그러면 피시식, 바람 새는 소리와 함께 환자가 콜록콜록 숨을 쉬기 시작한다. 이 날, 의사가 내게 한 게 딱 저랬다. 주삿바늘로 목을 쿡 쑤신 후 사정없이 휘저었다. "간단하다더니 이게 무슨 짓이야!" 따지고 싶었지만 말하면 안 되는 상황이라 가만히 있었다.

암일지도 모른다는 말을 듣고 나니 찝찝함이 이루 말할 수 없었다. 이 기분은 이틀 후 제주도로 떠나는 금요일인 7월 12일까지 이어졌다. 비행기를 타며 머리 한구석으로는 계속 같은 생각만 했다.

'내가 암이면……어쩌지?'

비행기에서 내린 후에도 이 생각은 끊이지 않았다. 제주도 애월에 사는 차영민 작가 가족과 만나 때마침 열린 오일장을 돌면서도, 그곳에서 그렇게 좋아하는 떡볶이를 먹으면서도, 나는 머릿속 한구석으로는 내가 암일 경우에 대비한 비장한 각오를 되새기고 있었다. 그래서였을까, 나는 하필 이 날 저녁 '절망'을 골라버렸다.

제주도와 절망사이에서

이번 제주도행은 크게 두 가지 목표가 있었다. 첫 번째는 서귀포에서 열리는 장르문학부흥회에 참여하는 것이었고, 두 번째는 연달아 열리는 애월의 작은 서점 디어마이블루 1주년 기념 파티에 참석하는 것이었다.

서귀포에서 열리는 장르문학부흥회는 폴인과 북스피어, 그리고 카일루아가 함께 진행했다. 짐을 푼 후 회의장으로 가니 가장 먼저 주어진 미션이 카드 뽑기였다. 제주도, 절망, 희망 등등 갖가지 단어가 적힌 카드. 이 중 하나를 고르라는 이야기에 나는 제주도와 절망 사이에서 한참 고민하다가 절망을 뽑았다. 알고 보니 이 카드는 김탁환, 박상준, 김민섭, 김봉석 등 조장들이 직접 고른 단어들이었다. 각 단어를 고른 이가 조원이 되는 시스템으로, 내가 고른 단어 '절망'은 김민섭 조장의 선택이었다. (알고 보니 같이 놓고 고민한 '제주도' 역시 김 조장의 선택이었다)

'절망' 카드 뒤에 적힌 '김민섭'을 보는 순간 나는 말했다.

"저, 다시 뽑음 안 되나요!"

김민섭 작가는 2019년 아르바이트를 했던 카페 홈즈의 단골이다. 평소 자주 얼굴을 보고 있으니, 이런 자리에서 같은 조에 앉으면 왠지 민망했다. 그러나 이미 고른 선택을 무를 수는 없었기에 그대로 조를 진행하게 되었다.

구경과 여행 사이에서

누군가를 알게 되면, 그 사람이 마음에 들면, 조금 더 알고 싶어지는 게 자연스러운 사람의 마음이리라. 내겐 제주도가 그랬다.

태어나서 지금까지 제주도에 네 번 왔다. 첫 번째는 친구가 〈한라일보〉 신춘문예에 당선되어서 축하하려고, 두 번째는 그림을 그리는 선생님들과 함께 제주도를 유랑하려고, 세 번째는 친구가 간다기에 무턱대고 따라왔고, 이번이 네 번째였다. 39세부터 41세까지 고작 3년 사이 4번이라니 많은 것도 같고, 지난 40년간 한 번도 오지 않았다고 생각하면 지나치게 횟수가 적은 것도 같았다. 그래서 새로운 방식으로 제주도를 만나보려고 이번엔 독특한 패키지 여행이라고 할 수 있는 '장르문학 부흥회'를 선택했다.

패키지 하면 부정적인 인식이 많다. 하지만 나는 첫 해외여행을 패키지로 다녀와서 그런가, 그곳에서 인솔자에게 좋은 이야기를 들어서 그런가, 조금 인식이 다르다. 내 첫 해외여행은 유럽 3개국 일주일 완성! 같은 코스였다.

2002년의 일이다. 두근거리는 마음으로 첫 목적지인 스위스에서 현지 인솔자를 만났다. 이제는 이름도 까먹은 인솔자는 40대 중반의 (아마도) 우리나라 여자였다. 까무잡잡하게 피부를 태우고, 이탈리아어를 비롯해 외국어를 능숙하게 하는 그녀는 한눈에도 멋져 보였고, 연이은 말은 더 멋졌다.

그녀는 말했다. "이탈리아에서는 에스프레소를 마셔야 합니다." 내 인생 최초의 에스프레소는 그렇게 시작됐다. 고속도로 휴게소마다 들러서 각설탕 두 개를 넣고 에스프레소를 마셨다. 새벽같이 일어나 호텔 커피숍에서 카푸치노를 마시기도 했다. 그렇게 지내던 며칠 사이 언젠가, 그녀는 또 멋진 말을 했다.

"지금 하는 것은 여행이 아니다, 유럽에 점을 찍고 있다고 생각해라." 지금 우리가 여기저기를 돌아다니는 것은 구경이지, 여행이라고 말할 수 없다는 이야기였다. 일단 이런 식으로 어디에 뭐가 있구나, 정도를 익힌 후 배낭여행이라던가 하는 식으로 다시 한번 유럽에 오라고 이야기 한 것.

최근 연신내에 있는 '니은서점'에 북토크에 참석했다가 비슷한 말을 들었다. 그날의 연사는 강병융 작가였다. 강 작가는 그의 책 『도시를 걷는 문장들』을 소개하며 여행과 구경의 차이점을 논했다. 여행이란 스스로를 찾는 여정이다, 결국 우리가 타지에서 만나는 건 자기 자신이다. 이번 제주도 여행은 그런 여행과 구경 사이, 어딘가에 있었다. 장르문학부흥회라는 패키지를 따라 오기는 했지만 결국 나는 무의식중에 나 자신을 찾으려 들었으니까.

어쩌다 보니 오랜 시간 커피를 만들었다. 얼결에 태극당 카페에서 일한 것을 시작으로 어영부영 15년 이상을 근무했다. 커피에 대해 아무것도 모르면서 시작했기에 혼자 공부를 했다. 생두를 사다가 집에서 볶아보기도 하고, 유명한 커피집이 있다고 하면 물어물어 찾아가서 맛을 비교하고, 책을 찾아 읽었다. 내 실력이 월등히 늘어나는 기적은 없었다. 오랜 세월 일을 하다 보니 남들보다 조금 빠른 속도로 커피를 내리는 정도의 능숙함은 생기긴 했지만. 그래서 장르문학부흥회 제주여행 패키지의 일부로 커피 한 길, 술 한 길을 걸었다는 사람을 만나자니 그저 즐거웠다. 메인코스인 강연도 좋았다. 박상준의 '헬조선을 떠나 우주로!' 김봉석의 '도시괴담, 요괴 혹은 (귀)신', 김탁환의 '자유인에 관한 소고' 김민섭의 '새로운 작가들의 시대'에 갑작스레 추가된 안전가옥 김홍익 대표의 강연까지 연사들은 각자의 분야에서 자신만이 들려줄 수 있는 이야기를 선보였다. 다섯 명의 연사가 들려주는 이야기들은 한길을 묵묵히 걸어가는 명인들과 비슷한 꼴이었달까.

이번 장르문학부흥회는 그런 명인들의 이야기를 듣는 청중의 숫자가 상당수 부족했다. 본래 목표했던 백 명에 한참 이르지 못하는 스물네 명의 객만이 함께 했다. 처음에는 어쩌나 싶을 정도의 소수였으나, 그래서 좋은 점도 있었다. 장르문학부흥회는 2020년에도, 또 내후년에도 계속되겠지만 이렇듯 서로 많은 이야기를 나누고 하나의 주제를 갖고 이야기를 만드는 일은 드물지 않을까.

느슨한 연대, 우리가 해냈다

처음 조를 나누기 위해 골랐던 단어들은 알고 보니 '스토리잼'이라는 게임을 하기 위한 것이었다. 방식은 간단하다. 자신이 고른 단어로 이야기를 만든 다음 그 이야기를 합쳐서, SNS에 공개, 가장 많은 득점을 받은 조에게 상품이 돌아간다. 이 이야기를 들었을 때 처음 든 기분은 '귀찮다'였다. 제주도에 쉬려고 왔다. 암일지도 모른다는 소리를 듣고 나니 더 쉬고 싶어졌다. 내게 쉰다는 건 글을 쓰지 않고 아무 생각 없이 논다는 것과 동일어다. 그런데 이곳에서도 글을 써야 한다고. 다 포기하고 조금이라도 더 즐겁게 노는 게 이득일 것 같았다. 나만 이럴 줄 알았는데 희한하게도, '김민섭' 조는 다들 그랬다.

조장 김민섭은 말했다. "느슨한 연대를 추구합니다." "우리의 목표는 2등입니다." 그리고 정말, 우리는 해냈다. 다른 조들이 아침 일찍 조식을 먹으며 회의를 해도, 밤늦게까지 술을 마시며 이야기를 나눠도, 김민섭 조는 그러지 않았다. 적당히 즐기며 각자 시간을 보내자고 한 덕에 나는 혼자만의 시간을 많이 가질 수 있었다. 이런 적당한 긴장감 덕이었을까, 김민섭 조는 정말 2등을 달성했다. 그래서 나는 손뼉을 치며 말할 수밖에 없었다.

"느슨한 연대 만세!"

지금 여기, 살아있다

　혼자서 돌아다니는 걸 좋아하고, 어딜 가도 혼자서 머무는 게 편하다. 남의 눈치를 보지 않아도 되니까, 신경 쓰지 않아도 되니까. 이번 제주도행은 이런 '혼자'에서 한참 벗어난 여행이었다.

　2019년 7월 31일, 카페 홈즈에서 열린 '백탑파의 밤'에서 사회를 보라는 제안을 받았다. 내가 그런 걸 맡을 수 있을까 하면서도 기회가 주어졌으니 넙죽 승낙했다. 이후 나는 집요해졌다. 김탁환 선생님의 일거수일투족을 관찰해서 이날 밤 사회를 성공리에 마치고야 말겠다는 목적의식이 생겼다. 제주도에서도 그랬다. 김탁환 선생님이 귀찮아하셔도 무조건 따라붙을 각오로 눈을 부릅뜨고 "애월까지 저도 데리고 가주십시오!"를 외쳤다. (속으로는 거절하실까 봐 조마조마했다) 허락이 떨어지자 신이 났다. 더불어 또 혼자 진지해졌다. '선생님을 모시는데 뭔가 준비를 해야겠다. 일정도 짜고 어디 가서 밥을 먹고 콜택시를 부르고……' 그리하여 장르문학부흥회가 끝난 일요일 오전, 호텔 로비. 한껏 진지한 표정으로 "그럼 이제 어디로 갈까요."하는 순간, 선생님이 딱 한 마디 하셨다.

　"일정 짜지 마."

……이, 읽혔다. 나는 순간 당황해서 멍청히 선생님을 바라봤다. 그러자 선생님은 한 마디 덧붙였다.

"전문가가 올 거야."

아, 프로페셔널. 이 말에 긴장이 풀렸다. 고개를 크게 끄덕인 후 "네."를 외친 후 나사를 하나 풀어버렸다. 그랬더니 가장 먼저 떠오른 건 또 '암'이었다. 내가 암이면 어쩌지, 나 죽는 건가, 아니야, 갑상선 암은 그렇게 쉽게 죽지 않는댔어. 완치율이 높다고 했어. 한참 걱정을 하다가 책 한 권을 떠올렸다. 『걱정을 해서 걱정이 없어지면 걱정이 없겠네』이 책 제목마냥 사서 걱정이 이만저만이 아니었다. 이 고민은 우리를 애월까지 데리고 가기 위해 찾아온 강보식 선생님의 차에 탈 때까지도 이어졌다.

강보식 선생님은 타인과의 여행에 익숙한 분이었다. 차로 이동하는 내내 적당한 대화와 침묵을 번갈아가며 이야기를 이어갔고, 나는 덕분에 조금 느긋해질 수 있었다.

애월, 목적지인 '디어마이블루'에 도착하기 전 시간이 남았다. 강보식 선생님은 고산천문대에서 시작되는 올레길을 돌자고 제안했다.

정식으로 올레길을 걷는 건 이번이 처음이었다. 살짝 들떴다. 잘 걸을 수 있으리라는 자신감은 있었다. 2018년 남양주로 이사한 후 거의 매일 개와 함께 동네 주변을 뛰어다녔으니 기초체력은 꽤 될 줄 알았다. 어느 정도까지는 예상대로 흘렀다. 평지는 수월했다. 중간중간 뛸 여유도 있었지만 산에 오르는 순간 급격히 체력이 떨어졌다.

나는 빠른 포기맨이다. 웹툰 『용이 산다』에서 배운 말이다. 이 웹툰의 주인공 김용은 후회를 최소화하기 위해 무엇이든 최대한 빨리 포기한다. 내가 딱 이렇다. 이번에도 나는 재빨리 등산을 포기하고 싶어졌다. 생각해 보니 나는 어렸을 때부터 등산을 싫어했다. 고등학생 시절 전교생이 도봉산으로 소풍을 갔을 때, 꾀병을 부리고 내뺀 적도 있었다. 이런 내가 웬일로 포기하지 않았다. 포위당한 탓이다. 숨이 턱에 차서 "나 그만 돌아갈래!"를 외치고 싶었을 무렵엔 이미 산을 중반 정도 오른 상태, 앞에는 김탁환, 편성준 선생님이, 뒤에는 강보식 선생님이 따라오시며 "5분만, 5분만 더 가면 돼!"를 외치며 응원해주시니 이를 악물 수밖에 없었다.

이런 내게 뒤따라오던 강보식 선생님은 호흡법도 알려주셨다.

"배로 숨을 쉬어봐요! 천천히 크게!"

어라, 이거 낯익네. 복식호흡 아닌가?

고등학생 시절 연극반이라 새벽마다 복식호흡을 연습했다. 알고 보니 이 복식호흡이 등산에도 유용했다. 배에 힘을 팍 주고 숨을 쉬려고 노력하자니 머리끝까지 두근거리던 기분이 나아졌다. 주변을 볼 여유가 돌아왔다. 뺨을 스치고 지나가는 숲 냄새, 산기슭을 따라 촘촘히 박힌 나무 계단, 하늘이 보이지 않을 정도로 울창한 나무, 그 모든 것을 느낄 수 있었다. 그래서였을까. 이 모든 풍광의 끝에 다시 하늘을 만났을 때, 절벽을 따라 치솟는 바닷바람이 얼굴을 때렸을 때, 나는 말할 수밖에 없었다.

"제가 지금, 살아있군요."

암일지도 모른다는 이야기를 들은 후 나는 살아있는 현재보다 죽을

지도 모를 미래만을 생각했다. 그런 생각하면 안 된다고 무던히 자신을 달래도 마음 한구석 무의식까지 막을 수는 없었다. 그래서였을까, 맞바람을 맞으며 절벽길을 걸으며 나는 몇 번이고 같은 말을 반복할 수밖에 없었던 것이다. 살아있다. 내가 지금 살아있다, 라고.

나중에 따져보니 이때 내가 오른 산길은 길어야 10분 거리였다. 그때 잠깐 숨 좀 찼다고 살아있다는 깨달음을 얻다니, 지금 생각해보면 이런 오버도 없다.

범인은 바로 너!

올레길을 돌고 가볍게 식사를 한 후 애월 '디어마이블루'로 향했다. 이곳에 도착하자마자 한 것은 또 제비 뽑기였다. 내가 뽑은 제비엔 이런 단어들이 적혀 있었다.

보조개, 소울메이트, 여행.

창립기념일을 맞이한 '디어 마이 블루'에 다양한 사람이 찾아들었다. 권 대표는 이런 사람들이 서로 자연스레 대화를 할 기회를 만들어주기 위해 마니또 게임을 제안했다. 이 날, '디어마이블루'에 온 사람들은 각기 작은 선물을 하나씩 준비했다. 이들이 선물을 줄 상대를 찾을 단서가 바로, 제비의 세 단어였다.

나는 참고로 이런 단어를 적어 냈다.

170~175 사이, 백내장, A형

처음엔 170.3cm, 백내장, A형이라고 적었지만 권대표가 너무 쉬울 것 같다고 해서 첫 번째를 바꿨다. 이후, 나는 누가 내게 선물을 줄 사람인가 주의 깊게 주변을 살폈다. 그 결과, 한 남자분이 이렇게 말하는 걸 들었다.

"백내장 걸린 걸 어떻게 알아! 나이 많은 사람인가? 남자겠지? 아 안 되는데 내 선물 남자용 아닌데!"

나는 이때 대답하고 싶었다.

"그거 접니다. 저요, 저요. 무슨 선물인데요?"

물론 말하지 않았다. 대신 나는 기다렸다. 내 선물이 뭘지, 그리고 내가 찾아야 할 상대는 누구일지. 마치, 셜록 홈즈처럼.

명탐정도 아닌데 "범인은 바로 너!" 같은 감이 올 때가 있다. 이날 내가 그랬다. 나는 직감이 말하는 상대에게 다가갔다. 그녀는 긴 파마머리에 보조개가 쏙 들어가는 미녀였다. 술을 못한다고 하자 내게 자두에이드를 준비해줬다. 나는 그녀가 내 마니또 상대이길 바랐다. 그런데 그녀는 내 질문에 단호하게 "아니요"라고 말했다.

내 감은 이 사람이 범인이라고 말하고 있었는데 아니라고 하니 탁 맥이 풀렸다. 추리할 맛이 훅 사라져 잠시 사건(?)이 미궁에 빠졌다. 그렇다고 범인(?)찾기를 포기할 수는 없었다. 나는 이후 보조개가 들어가는 사람만 보면 물었다.

"저기 혹시, 보조개, 소울메이트, 여행……."

생각보다 보조개 들어가는 사람이 너무 많았다.(그 사람들 중에는 나 자신도 있었다.) 보조개가 들어가는 사람마다 일일이 물어보고 나니 딱 한 사람, 물어보지 못한 사람이 남았다.

붉은 옷의 남자.

셜록 홈즈는 말했다. 모든 불가능을 제외하고 남은 것, 그것이 아무리 불가능해 보일 지라도 진실이라고. 물론 이것도 정확하지는 않다. 하지만 내 기분은 딱 이랬다. 마니또 발표 시간, 나는 유일하게 말을 못 걸어본 붉은 옷의 남자를 내 마니또로 지목했다.

결과적으로 틀렸다. 내 마니또는 나에게 자두에이드를 먹으라고 한 그녀, 최초의 감이 일컬은 여자분이었다. 그녀는 자신이 내 마니또란 사실을 '잊고 있었다.'

뜻밖의 범인(?)을 발견한 후 나는 생각했다. 이거, 나중에 추리소설에 써먹으면 어떨까. 자기가 범인인 줄 모르는 살인자. 강력한 반전 아닌가?

생일파티를 당했습니다

'디어마이블루'라는 제주도 애월의 작은 서점과 어떤 식으로 인연을 맺었는가(정확히는 구제받았는가)에 대해 앞서 적은 적이 있다. 이 사연의 말미에 '디어마이블루'와 내 생일이 단 하루 차이란 말을 본 권희진 대표는 SNS로 덧글을 달았다.

"올해 생일파티 해줄게요!"

지나가는 말 정도로 여겼다. 창립기념일을 맞이해 파티를 한다고 하니까 파티에 끼어주겠지 정도로 여겼건만 아, 권희진 대표는 그런 사람이 아니었다. 나는 정말 생일파티를 '당했다.'

범인 찾기(?)를 하는 사이 펼쳐지는 행사는 즐겁기 짝이 없었다. 마술하는 곰의 마술쇼는 신기했고, 김탁환 선생님의 말씀은 이틀 연속 들어도 그저 즐거웠고, 연이은 공연 역시 흥겨웠다. 유럽의 중세시대 음유시인이 이런 느낌일까 싶을 정도로 제주갑부 훈은 이야기와 음악을 오가며 자연스레 자신의 노래를 소개했다. 그러다가 갑자기, 제주갑부 훈이 말했다.

"오늘 생일인 분이 있어요."

설마 그게 나일까 했는데, 내 이름이 무대에서 울려 퍼졌다.

"영주 씨! 사랑하는 영주 씨!"

아, 닭살……하는 사이 권희진 대표가 갑자기 케이크를 들고 나타났다. 커다란 초가 하나 꽂힌 생일 케이크. 나는 케이크를 든 채 무대에 올랐다. 이곳에 모인 모든 사람에게 생일 축하를 받고, 소원을 속으로 빌며 케이크의 불을 껐다.

그렇게 빈 소원이 지금에 와서 전혀 기억이 나지 않는다. 그 순간의 기쁨은 기억한다. 나를 바라보며 부드럽게 웃던 사람들의 미소, 진심으로 축하해주던 다정한 표정. 아마도 나는 아주 오랜 시간 애월에서 맞이했던 생일파티, '디어마이블루'라는 이름을 오랫동안 기억할 듯하다.

무엇이 중요한지 가치를 정확히 인지해야 한다

2019년 7월 16일 화요일 밤 9시, 제주도에서 이 글을 쓴다. 지금 내가 묵고 있는 곳은 박소해 작가님과 남편분이 운영하는 오후 네 시 펜션이다. 내 걸음으로 스무 발자국쯤 걸어가면 '그리고 서점'이란 이름의 책방이 있다. 내일 아침 일어나면 슬리퍼 바람으로 찍찍 걸어가 구경할 거다. 분명 나는 이곳에서 '또' 그럴듯한 책을 한 권 구입할 것이다. '또'라는 표현을 붙인 걸 보면 이미 다들 짐작하셨겠지만, 제주도에 와서 끊임없이 책을 사고 있다.

지난주 금요일, 제주도로 출발할 때까지만 해도 의기양양했다. 많아야 한두 권만 구입할 셈이었다. 도착한 당일엔 잘 지켰다. 다행히(?) 가는 길에 서점이 없어서 아무것도 사지 않았지만 당장 다음날인 토요일, 위미항 근처의 라바북스에 가자마자 첫 책을 구입했다. 제목은 『너와 추는 춤』, 제주도에서 개와 만나 동거를 시작한 이야기를 그린 4컷 만화였다. 안 살 수 없었다. 사인본이 있는데 그냥 지나치는 건 덕후의 자존심(?)이 용납하지 않았다. 이 책을 샀을 때 나는 봇물이 터졌다는 사실을, 이후 며칠간 무명서점, 디어마이블루, 소리소문, 보배책방 등 지역별 서점을 돌며 다섯 권 '이상'의 책을 구입할 것이라는 사실을 예상했어야 했다. '이상'이라는 표현을 쓰는 까닭은 5권이 넘는 순간 책의 권수 세기를 포기한 탓이다.

많은 숫자의 책을 단기간에 구매하면 무의식중에 랭킹을 정하곤 한다. 엿새간의 일정, 마음속으로 정한 '제주 책 지름 랭킹 1위'는 앞서 언급한 독립 서적 『너와 추는 춤』이었다. 하지만 월요일, 사인본을 몇 권 더 얻고 나니 마음이 바뀌었다. 이번 랭킹 1위는 『문경수의 제주 과학 탐험』이다.

이 책의 저자 문경수 대장이 처음 제주도란 섬을 인식하고 온 것은 고등학생 때 수학여행이었다고 한다. 하지만 이 섬에 어떤 '과학적인' 의미가 있는지, 세계의 수많은 과학자들이 왜 제주도에 가고 싶다고 하는지 깨닫게 된 건 그리 오래된 일이 아니란다. 문경수 대장은 과학자들이 왜 제주도에 오고 싶어 했는가, 그 까닭을 파고든 후에야 제주도의 파호이호이와 아아를 만난다.

제주도는 화산섬이다. 이렇게 말하면 무슨 뜻일까 확실하게 알아듣기 어렵다. 이걸 파호이호이란 돌로 설명하면 쉬워진다. 파호이호이는 제주도에 가면 흔히 볼 수 있는 검고 구멍이 뿅뿅 뚫린 암석의 다른 이름이다. 구멍이 뚫려서 맨발로 걸으면 아플 것 같지만 실제로 밟아보면 부드럽다. 제주도는 화산이 분출한 용암이 굳어진 것이 쌓여 만들어진 섬이다. 즉, 검은 돌 '파호이호이' 덩어리가 섬 자체다. 이에 반해 아아는 아주 날카롭다. 제주시 용두암 등에서 흔히 볼 수 있는 사나운 짐승의 비늘 같은 녀석이다. 문경수 대장은 이 두 개의 돌 이름을 알려주며 덧붙였다. 지금 우리가 서 있는 이곳이 바로 파호이호이, 제주도 그 자체다. 이 이야기를 들은 곳은 협재 해변, 파호이호이 위였다.

나는 파호이호이에 앉아 문경수 탐험가의 강연을 듣다가 살짝 손을 뻗었다. 내가 앉아있는 단단한 파호이호이를 만지작거리며 속으로 중얼거렸다. 반갑습니다. 처음 뵙겠습니다. 어쩐지 나는, 이 날 제주도의 민낯을 만난 것 같은 기분이 들었다.

제주도가 준 엄청난 생일 선물

디어마이블루 창립기념일 파티 다음 날인 7월 15일, 나는 새로운 것을 두 가지 알았다. 첫 번째, 제주도를 이루는 암석의 이름은 파호이호이와 아아라는 것, 두 번째는 제주도 부근 바다에 사는 돌고래의 이름은 모두 남방큰돌고래란 사실.

이날의 일정 역시 디어마이블루에서 준비했다. 책방을 찾은 손님 중 한 명인 과학 탐험가 문경수 대장과 함께 제주도 관광을 하기로 한 것. 문경수 대장은 모두를 데리고 애월과 한림, 협재 등을 돌며 제주도의 형성과정에 대한 이야기를 하는 한편, 일행을 차귀도로 안내하기도 했다. 그리고 바로 이 차귀도에서 돌아오다가, 우리는 돌고래 떼를 만났다.

유람선에 타고 있던 사람들 모두 흥분했다. 돌고래라니, 세상에 이런 기회가 언제 또 찾아오겠어! 하고 모두들 배 난간으로 몰려들었다. 왼쪽! 하면 다 같이 왼쪽, 오른쪽! 하면 다 같이 오른쪽 우르르 움직이는 탓에 가끔 배가 기우뚱할 정도였다. 나 역시 신이 났다. 핸드폰을 들어 카메라로 촬영을 하려 들었다. 그런데 꼭 이런 순간 전화가 온다. 모르는 번호기에 종료 버튼을 누르고 사진을 찍었다. 그랬더니 이번엔 문자가 왔다.

아차, 병원이었다.

갑상선 암 조직검사 결과를 알리는 메시지.

지난 일주일간 나를 긴장시켰던 바로 그 검사결과가 하필 이 순간 나왔다. 나는 살짝 손가락을 떨며 메시지를 확인했다. 세포는 양성. 즉 암이 아니었다. 반년에 한 번씩 추적관찰만 하면 될 것 같다는 말에 만세! 를 외치는 순간, 카카오톡으로 또 다른 메시지가 도착한 것을 뒤늦게 발견했다. 출판사 두 곳에서 동시에 연락이 와 있었다. 1년간 준비한 에세이 『좋아하는 게 너무 많아도 좋아』의 출간일이 정해져서 이제 본격적으로 마무리 단계에 들어가자는 이야기였다. 게다가 에세이는 7월 말 출간인데 벌써 종로에서 북토크가 잡혔단다.

……이게, 무슨 영화의 한 장면도 아니고,

기분이 이상했다. 바다에서 난생처음 돌고래를 만나는 날 행운이 날아들다니, 어떻게 이런 일이 가능할 수 있지? 나는 의아한 기분에 여전히 유람선 주변을 빙빙 도는 돌고래 떼를 바라보다가 깨달았다. 아, 혹시. 이거, 제주도가 나한테 주는 생일선물인가? 한껏 걱정했으니 오늘부터는 마음껏 행복해하라고? 그렇다면 이건 정말, 엄청난 생일 선물이었다.

책을 택배로 부치고 말았습니다

제주도의 선물(?)을 받은 것까진 좋았는데, 덕분에 마음이 해이해졌다. 뭐랄까, 뭘 해도 다 좋은 일만 생길 것 같은 막연한 기분이 들었달까.

문제는 이런 기분이 나의 지름신을 불러들였다는 점이다.

15일까지 디어마이블루와 함께 하는 일정을 마친 후 이날 저녁부터는 애월, 박소해 작가님 댁에 신세를 졌다. 영화 〈극한 직업〉이 개봉했을 무렵 박소해 작가님과 처음 만났다. 작가님은 "제주도에 놀러 오면 다락방을 빌려줄게요."라고 말했고, 나는 그 말에 대뜸 정말 연락을 드렸다.

"제가 7월에 일주일 일정으로 제주도에 놀러 가게 되었는데 혹시 다락방을 2박 빌릴 수 있을까요?"

안 되면 근처 호텔이나 게스트하우스에 묵을 셈이었다. 작가님은 흔쾌하게 승낙했다. 덕분에 15일부터 돌아오는 17일까지 2박 3일간 묵을 곳이 생겼다. 그런데, 다락방이라던 숙소가 가보니 펜션이었다. 그것도 방 2개, 거실 하나의 으리으리한 펜션. "아니, 이건 아닌데."하고 당황해서 고사하자 괜찮다며, 그저 생일을 즐겁게 지내주면 좋겠다며 슬그머니 미리 준비한 생일선물, 분홍색 선글라스와 분홍색 개 스카프를 선물로 주셨다. 나는 배려에 말 그대로 감격, 고맙다는 말을 백 번쯤 한 것 같다.

다음 날은 16일은 자연스레 박소해 작가님과 함께 애월 부근의 책방을 차례차례 돌았다. 그 전까지 이미 상당히 많은 숫자의 서점을 들른 상태였다. 서귀포에서는 라바북스에, 한림에서는 무명서점에, 애월 디어마이블루에서는 무려 생일파티까지 치렀다. 그러니 오늘 하루 서점을 더 돈다고 해도 내가 책을 사는 일은 없을 줄 알았다.

나는 스스로를 너무 몰랐다. 어제 돌고래를 본 상황을 기점으로, 내 마음가짐은 상당히 바뀌어 있었다. "인생은 참 아름다워." 모드로 돌변

해서는 가는 서점마다 책을 사들였다. 차무진 작가님이 꼭 가보라고 한 '책방 소리소문'에 갔다가, 박소해 작가님의 단골집이라는 '보배책방'에도 들렀다. 다음 날인 서울로 돌아가는 날 아침에도 쓸데없이 부지런을 떨었다. 새벽 6시에 일어나서는 '오후 네시' 펜션에서 걸어서 5분 거리인 '그리고 서점'에 갔다. 이곳에서도 어김없이 또 책을 구입해버렸더니만 캐리어가 가득 차 버렸다.

결국 나는 또 아침부터 박소해 작가님께 SOS를 청했다.

"저기, 혹시 박스 하나만……."

너무 짐이 많아서 책을 부칠 수 없어 그러는데 택배로 부치게 귤박스 하나만 빌려달라는 부탁이었다. 박소해 작가님은 바로 귤박스 하나를 들고 오셨다(박소해 작가님 부부는 '오후 네시' 펜션 외에도 '당신의 과수원'이라는 귤농장도 운영하고 있다.) 이 박스에 지금까지 산 책과 쿠션 역할을 할 옷을 채우자 가까스로 돌아갈 채비를 끝낼 수 있었다.

얼마 지나지 않아 나를 공항까지 데려다줄 차영민 작가 가족이 찾아왔다. "웬 귤 박스예요?" 했다가 사정을 듣고 박장대소했다. 도대체 뭘 얼마나 사면 박스로 하나가 나올 수 있냐는 말에 나는 대충 얼버무리며 마음속으로 대꾸했다.

'그럼 어떻게 해, 제주도가 자꾸 나한테 생일선물을 주는 걸.'

제주도에서 만난 서점,
그리고 서점 사람들

※ 라바북스

위미항 부근에 있는 작은 여행전문 서점

※ 무명서점

한림항 근처에 있는

'이름 없는 책들이 모험을 떠나는 곳'

※ 책방 디어마이블루

애월에 있는 꽃과 책이 함께 하는 큐레이션 서점

※ 그리고 서점

애월에 있는

교육협동조합 이음에서 운영하는 숍인숍 형태의 작은 서점

※ 책방 소리소문

한림에 위치한 서점. 직접 그린 벽화와 한쪽에 꾸며놓은 서재가 인상적이다. 서점 한쪽에는 부부가 직접 쓴 책 『오늘이 마지막은 아닐 거야』가 전시되어 있기도 하다.

※ 보배책방

애월에 있는 박소해 작가님의 단골 서점.

현재 휴지기 중으로 다시 책방 영업이 시작되기를 기원한다.

※ 국내1호 자연과학 책방 동주

부산에 있는 국내1호 자연과학 책방 동주

이 분이 바로, 내가 잘못 지적한 마니또 '붉은 옷의 남자'였다.

디어마이블루 제주과학탐험단에 이동주 대표도 참여했다.

게으르지만 유럽도 다녀왔습니다

추석 당일, 헤르만 헤세 성묘한 사연

2019년 9월 10일부터 21일까지 11일에 걸쳐 유럽을 다녀왔다. 이른바 북스피어 유럽서점 떼거리유랑단 3기였다. 들른 지역은 각각 이탈리아 밀라노, 루가노, 스위스 취리히, 독일 프랑크푸르트, 뒤셀도르프, 네덜란드 안홈, 암스테르담 등이었고 이외에도 거론하지 않은 소도시가 상당수 있었다. 다녀온 곳을 순서대로 이야기를 전개하는 것은 누구나 할 수 있는 일이다. 그래서 나는 덕후답게, 이번 여정에서 가장 덕후스러운 관광 코스였던 세 곳 헤세, 괴테, 고흐를 만난 사연만 차례로 소개하려 한다. 특히 헤세를 만난 사연이 기억에 남았다.

나는 묻고 싶다. 추석 당일, 헤르만 헤세의 성묘를 간 사람은 몇 명이나 되냐고. 내가 알기로 지금까지는 열두 명이다. 이번 서점유랑단을 함께 떠난 멤버 12명 말이다.

2016년 초 출간한 『셜록 홈즈의 증명』 앤솔러지에 「성북동, 심우장 가는 길」이라는 단편을 게재한 바 있다. 이 단편 속 주인공은 추석에 성북동 심우장을 찾는다. 여자는 전철역에서 내린 후 마을버스를 탄다. 산꼭대기에서 내린 후 굽은 골목을 따라 들어가 만해 한용운이 말년을 보냈다는 심우장에 도착한다. 헤세의 집은 이런 심우장을 떠올릴 만한 곳에 있었다.

밀라노를 떠나 루가노로 향했다. 역에 도착한 후 마을버스를 탔다. 버스는 빠른 속도로 한참 산을 오르다가 이런 곳으로 버스가 다녀도 될까 싶은 일방통행 길에 들어섰다. 이렇게 버스가 향한 종점이 우리가 내려야 할 곳이었다. 우리를 포함한 종점에서 내린 사람들은 대부분 헤세를 만나러 온 여행객이었다. 하지만 종점 주변엔 헤세 뮤지엄이 보이지 않았다. 몇몇 여행객들이 우리에게 길을 물었다. 우리를 인솔한 유로스테이션의 김신 대표는 이런 그들에게 친절하게 길을 안내해 주었다. 반대편, 벽돌길이 깔린 좁은 골목을 가리키며 말이다.

미술관 하면 가장 먼저 떠올리는 것은 한가람미술관이다. 대학 시절, 이곳을 자주 들락거리면서 미술관을 접하기 시작해 시간이 날 때마다 인사동이며 혜화동 어귀를 얼쩡거렸다. 생각해 보면 이때부터 미술관에서 소소한 굿즈를 챙겼다. 엽서부터 시작해 배지라던가, 노트라던가. 이곳 기념관에 도착할 무렵에도 나는 가장 먼저 굿즈부터 떠올렸다. 제주도 서귀포의 이중섭 미술관처럼 손수건, 장갑, 머그컵 등 갖은 것들이 있을 줄 알았으나 그렇지 않았다. 이곳의 굿즈라고 할 만한 것은 엽서나 헤세의 책 정도 뿐이었다. 그래서 좋았다. 덕분에 나는 헤세, 그 자체에 집중할 수 있었으니까.

천장이 낮은 좁은 계단을 따라 올라가다 보면 헤세가 글을 썼을 법한 장소가 나온다. 그의 책상에 앉는다. 타자기에 손을 댄다. 그러자면 아주 조금은 내게도 헤세의 영감이 다가오지 않을까 기대한다.

헤세가 된 듯 망중한을 누리다 기념관을 나왔다. 다음 여정은 헤세의 길을 걷는 것이었다. 예전 헤세가 즐기던 산책길, 커다란 루가노 호를 둘러싼 길을 걸으며 기념관을 세웠다는 헤세의 친구를 떠올렸다. 기념관 다락, 헤세의 친구가 갖고 다녔다는 지팡이가 있었다. 나는 그 지팡이에 손을 댔었다. 공중에 떠서 흔들리는 지팡이를 흔들며, 이 지팡이를 잡고 헤세와 걸었을 길을 상상했다. 그 상상을 바로 현실로 이룰 수 있다니, 이렇게 운이 좋은 날도 없었다.

레스토랑에 들른다. 헤세가 먹었다는 등갈비를 대접받는다. 정말 헤세가 이곳에서 커피와 등갈비를 먹었을까? 하지만 헤세가 앉았다던 지정석의 이야기를 듣자면, 시든 화분 몇 개밖에 놓이지 않은 그곳에서 사진을 찍자면, 믿고 싶어진다. 가끔 여행의 묘미는 이렇듯 소소한 믿음에서 시작된다.

식당을 나와 걷는다. 헤세는 실제로 하루에 서너 시간 이상을 산책했다. 그런 헤세를 따라 걷자니 이내 공동묘지다. 이곳에 잠들었다는 헤세의 이름을 찾는다. 가장 화려하게 기록된 묘비를 발견한다. 그곳에 헤세가 적혀 있다. 하지만 그 헤세는 내가 만나고픈 사람이 아니다. 헤세의 묘는 뜻밖의 장소에 자신이 이곳에 있었다는 사실조차 드러나지 않을 정도로 소심하게 있다.

이 나라 사람은 우리나라의 추석명절을 모르리라. 아마도 이 계절에 헤세를 찾아 성묘하는 이들은 없으리라. 그렇다면 우리가 처음일 지도 모른다. 나는 헤세의 앞에서 고개를 숙인다. 묵례하며 추석을 잘 쇠시라고, 나는 언젠가 당신과 같은 길을 가고 싶다고, 그 결심을 되새기고자 지금 이곳에 왔다고 마음속 깊이 읊조린다.

괴테하우스에서 살인사건, 어때?

2019년 3월, 망원동 카페 홈즈를 배경으로 한 앤솔러지 『카페 홈즈에 가면?』을 출간했다. 이 책을 낸 건 어디까지나 망원동 카페 홈즈가 장사가 잘 되었으면 좋겠다, 오래오래 운영되었으면 좋겠다는 마음에서 비롯되었다. 책을 낸 후 얼마 지나지 않아 출판사에서 속편을 내면 어떻겠냐는 제안이 들어왔다. 흔쾌히 고개를 끄덕이며 "그럽시다" 한 후, 이 궁리 저 궁리 하자니 아이디어가 하나 떠올랐다.

"유럽에 갔는데 카페 홈즈랑 똑같은 곳이 있다면 어떨까? 그곳에서 살인사건이 일어난다면?"

괜찮은 아이디어 같았다. 그리고 이 아이디어는 작년 9월 들른 프랑크푸르트하고도 괴테하우스에서 구체화된다.

일요일 아침은 언제 어디나 한산하다. 9월 15일, 프랑크푸르트의 일요일 풍경 역시 다름없었다. 전날 토요일 밤엔 거리마다 노천카페며 레스토랑이 열려 있었다. 삼삼오오 짝을 지은 사람들은 갖은 음식에 맥주를 곁들였다. 우리 일행 역시 그들 중 한 팀이었다. 열두 명의 일행은 프랑크푸르트에서 가장 유명하다는 한 호프집에 들러 맥주와 모둠안주를 즐겼다. 괴테하우스는 그 호프집에서 얼마 떨어지지 않은 곳에 위치해 있었다.

　너무 일찍 도착한 탓에 아직 괴테하우스는 운영 전이었다. 시간을 때울 겸 주변을 기웃거리자니 괴테하우스 반대편에 있는 1층 카페테리아가 눈길을 끌었다. 어딘지 모르게 낯익은 풍경이었다. 분명 처음 왔는데 왜 이리 낯이 익은가 싶었더니⋯⋯어딘지 모르게 카페 홈즈와 닮은 꼴이었다. 이때부터 내 머릿속은 즐거운 살인(?)으로 가득해졌다. 이 카페에 괴테하우스를 바라보는 누군가 있다면, 그리고 이런 카페에서 살인사건이 일어난다면 어떨까.

　살인사건을 일으키자고 결심하자니 괴테하우스가 더욱 기대됐다. 오픈시간 땡 하고 건물에 들어간 후, "어디서 어떻게 살인을 일으킬 것인가"로 내내 마음이 분주했다. 괴테가 어머니를 위해 만들었다는 발판, 괴테가 앉아 소설을 썼다는 책상, 세계에서 가장 비싸다는 천문시계, 수많은 방과 그 방에 붙은 이름의 유래에 일일이 감탄하다가 꼭대기 층에 이르렀을 때 마침내 소설에 쓸 수 있을 법한 물건을 발견했으니, 그것은 인형극장이었다.

　괴테의 할머니는 어린 시절 크리스마스마다 꼭두각시 인형극을 보여줬다고 한다. 어린 괴테는 이런 할머니의 꼭두각시 인형극을 보며 어린 시절부터 "어떻게 이야기가 극이 되는가"를 체득했으리라. 이런 경험 덕에 훗날 괴테는『파우스트』며『젊은 베르테르의 슬픔』같은 작품을 쓰게 되지 않았을까.

　나는 상상했다. 크리스마스이브 눈이 내리는 괴테하우스, 그 맞은편 카페 홈즈를 꼭 닮은 풍경에서 살해당한 어느 할머니의 모습을, 이 할머니의 죽음을 괴테의 어린 시절 인형극에 빗대어 풀어내는 어느 겨울의 미스터리를 말이다. 그리고 또 나는 상상했다. 이런 망측한(?) 생각을 한 나를 괴테는 어떻게 생각할까, 하고 말이다.

괴테와 살인, 카페 홈즈라는 세 개의 키워드에서 비롯된 망상에 가까운 소설의 착상에서 벗어난 것은 입구 앞 작은 강당에서였다. 집안을 모두 구경하고 다시 가보니, 이곳은 세계 곳곳에서 온 사람들이 남긴 방명록이 전시된 공간이었다. 괴테하우스를 찾은 사람들은 자신의 언어로 흔적을 남겼다. 나 역시 내 이름을 이곳에 남겼다. 마음 같아서는 "내가 이곳에서 살인을 일으킬 거요!"라고 적고 싶었으나, 테러 위협으로 오해받아 독일경찰서 구경하는 소동이 일어날까 봐 참았다.

소설의 아이디어를 떠올렸겠다, 방명록에 이름도 남겼겠다, 이보다 더 좋을 수는 없으리라 생각했는데 막상 기프트숍에 도착해보니 그보다 더 즐거운 일이 기다리고 있었다. 헤르만 헤세 뮤지엄에서 아쉬웠던 굿즈가 이곳에 그득했다. 무엇을 살까 콧노래까지 흥얼거리며 주변을 살피다가 마침내 마음에 드는 물건을 발견했다. 그것은 괴테 피규어와 괴테 플레이모빌.

어딜 가든 주변 사람들 선물을 챙기는 편이다. 특히 이번 유럽여행 때는 생일선물을 많이 샀다. 9월 생일인 사람이 주변에 참 많다. 보이는 대로 잡히는 대로 누군가 생각날 때마다 사고 있었는데 이 플레이모빌을 보자니 생각나는 사람, 정확히는 공간이 있었다. 그곳은 성산동 작은 서점 '조은이책'.

유럽으로 출발하기 직전, 북토크가 또 잡혔다. 성산동 작은 서점 '조은이책'에서 유럽여행이 끝난 다음 주에 오라고 초대해주셨다. '조은이책'은 예전, 김동식 작가 북토크 때 취재 겸 간 적이 있었다. 당시 처음 갔던 '조은이책'에서 가장 인상 깊었던 것은 입구 앞에 서 있던 대형 플레이모빌이었다.

게다가 서점 곳곳에는 귀여운 인형과 피규어를 비롯해 수많은 플레이모빌과, 플레이모빌을 찍은 사진책 『맑은 날씨 좀 당겨써볼까?』도 놓여 있었다.

『맑은 날씨 좀 당겨써볼까?』의 저자 조미나는 13년차 플레이모빌 덕후로 플레이모빌을 데리고 어디든 간다. 그리고 그런 경험을 한 장 두 장 사진으로 찍어 모으다가 세계적인 유명세를 얻어 플레이모빌 독일 본사에서 선물까지 보내주는 성공한 덕후가 되었다. 플레이모빌의 고향 독일에 왔다. 프랑크푸르트하고도 괴테하우스, 그곳에서만 파는 플레이모빌을 보자니 이 책이 생각났다. 그래서 나는 '조은이책'에 괴테를 선물하기로 했다.

지금, 플레이모빌 괴테는 '조은이책'에서 자신이 쓴 『파우스트』와 함께 즐겁게 지내고 있다고 한다.

 📖 조은이책

탐정은 탄광도 불안하다

　　네이버에 블로그를 운영하고 있다. 블로그 이름은 '꿈꾸는 책들의 특급 변소'로 여러 잡글 등을 모아놓는 창고 및 출간 소식을 전하는 용도로 쓴다. 블로그의 카테고리 중 가장 신경을 쓰는 코너는 '이달의 추천 도서'다. 한 달에 한 권, 이 책만큼은 함께 읽었으면 좋겠다는 취지로 시작한 것이 4년째다. 가끔 이 코너에는 올해의 추천 도서라던가 시즌별 추천 도서도 업데이트한다. 작년 9월 추석 연휴에도 읽을 만할 책을 두 권 추천했다. 그중 한 권이 이번에 소개할 김재희 작가의 책 『청년은 탐정도 불안하다』이다.

　　탄광 마을로 이름을 날렸던 고한, 이곳에서 한 여자의 실종사건이 일어난다. 정확하게 말하자면 이것이 살인인지 실종인지 자살인지 확실치 않다. 이 사건을 둘러싸고 프로파일러와 추리 동호회 회원들, 의협심 강한 탐정이 동시에 달려든다. 각기 다른 방향으로 흐르는 수사는 희한하게도 이곳, 고한에서 구합된다. 이 책을 보며 막연히 그런 생각을 했다. 김 작가의 소설이 잘 팔린다면 그 덕에 추리마을 고한에 활력이 돌아오면 참 좋겠다고 말이다. 김 작가의 책을 추천 도서로 선정한 덕일까, 다음 날 추석 연휴를 맞아 떠난 유럽여행에서 탄광에 관련된 소소한 사건을 겪었다.

　명목은 분명 유럽의 특색 있는 서점을 탐방이었으나 10박 11일 간 서점보다 미술관이나 박물관 등을 더 많이 다녔다. 이 중에는 유네스코 세계문화유산에 등재된 촐페라인 탄광 단지도 있었다. 이곳에서 오랜만에 고소공포증이 도졌다. 내 고소공포증은 아주 희한한 높이를 견디지 못한다. 자전거 안장이라던가, 남들이 볼 때엔 완만하기 짝이 없는 경사의 구릉이라던가, 뜰창을 연상시키는 계단 같은 곳에서 불규칙적으로 일어난다. 이번에 고소공포증을 불러일으킨 건 뜰창을 연상시키는 긴 복도였다. 철제 복도는 발을 디딜 때마다 비명이 들렸다. 깡깡, 깽깽, 내가 내는 소음을 참을 수 없었다. 조금만 더 참아보라고 스스로를 달래도 소용없었다. 결국 울음을 터뜨렸다. 주변 사람들은 당황했다. 멀쩡해 보이던 애가 갑자기 우는 거다. 나는 미안하다고 말한 후 슬금슬금 뒤로 물러섰다. 박물관을 구경하는 척하며 구석으로 숨었다.

　어렸을 때부터 그랬다. 참을 수 없는 공포가 밀려들면 구석을 찾는다. 혼자 있으면 언제 그랬냐는 듯 공포가 가라앉는다. 나는 그렇게 한참을 헤매다가 뜻밖의 장소에서 비상구를, 그 안에 숨겨져 있던 엘리베이터를 발견했다. 충동적으로 엘리베이터에 올라탔다. 몇 층인지도 모르고 내렸다. 바로 앞에 보이는 비상구를 통해 다른 층의 전시관에 들어갔다. 전시관 한편 접이식 의자에 경비원이 앉아 있었다. 경비원은 철문이 열리는 소리에 나를 발견했다. 뜻밖의 장소에서 나타난 나를 잠시 멍청히 보더니 푸핫 웃고는 알아들을 수 없는 말로 뭐라고 말했다. 어떻게 그런 데서 나왔느냐고 묻는 것 같았다. 핑계가 필요했다. 슬쩍 고개를 돌려보니 화장실이 있었다. 나는 화장실을 가리키며 말했다. "토일렛." 이유는 모르겠지만 경비원은 그 말에 또 웃었다. 이후 화장실에 숨어 10분 넘게 멍청히 앉아 숨쉬기를 연습했다. 세수까지 한 후 나오자 아까의 경비원에게 웃으며 인사를 할 여유가 돌아왔다. 경비원은 활짝 웃으며 잘 가라고 인사했고, 나는 그 미소에 웃으며 화답할 수 있었다.

10분간의 실종. 다시 엘리베이터를 타고 돌아간 나를 사람들은 아무도 눈치채지 못했다. 그래서 나는 김재희 작가의 책을 떠올렸던 것 같다. 아무도 눈치채지 못하는 실종은 이런 식으로 일어나는구나, 전혀 다른 배경 설정이지만 만약 탄광에서 실종사건이 일어난다면, 그걸 김재희 작가처럼 소설로 적는다면, 나는 이 상황에서 시작하겠다고 말이다. 그 소설의 제목은 김재희 작가의 소설을 오마주한 〈탐정은 탄광도 불안하다〉가 되려나.

무엇이 반 고흐를 반 고흐답게 하는가

어린 시절 미술 교과서를 폈을 때부터 질리도록 들은 이름 중 하나는 반 고흐다. 인상파, 광인, 귀를 자른 자화상, 자살 등 그와 관련된 모든 이야기가 기이했다. 하지만 그의 레퍼토리에 비해 교과서에 실린 그림은 그리 충격적이지 않았다. 나는 궁금했다. 왜 반 고흐의 그림이 그토록 유명할까. 그의 삶 탓인가. 아니면 직접 보면 뭔가 많이 다른 걸까. 북스피어 유럽서점 떼거리 유랑단 3기, 열하루에 걸친 일정 중 이틀, 그런 반 고흐를 만날 기회가 찾아왔다. 그 첫 번째는 네덜란드 오털로의 국립공원에 위치한 크뢸러 뮐러 현대미술관이었다.

읍에 산다는 것은 도시에서 볼 수 없는 풍경을 매일 목격한다는 뜻과 같다. 조금만 걸어 나가면 아파트 사이 논이 나타난다. 그보다 더 멀리 나가면 한강의 한 지류인 개천이 흐르고, 좀 더 떨어진 곳에서는 얼마 전까지 그린벨트로 묶여 있었던 너른 대지를 만날 수 있다. 나는 이런 장소에서 서울에서는 만날 수 없었던 동물의 흔적을 발견하곤 한다. 동물은 언제나 냄새를 남긴다. 그리고 가끔 소리를 낸다. 음메에 혹은 꼬끼오 하고 말이다. 네덜란드 오털로에도 이런 냄새와 소리가 있었다.

여행 일주일째 되던 날, 웬일로 새벽 일찍 기상했다. 그렇게 일어나

바라본 창밖으로 동이 트고 있었다. 붉은 하늘을 수놓은 한 줄기 비행운이 아름다웠다. 이 풍경을 두 눈으로 직접 보고 싶어 호텔을 나왔다. 9월의 오틀로, 새벽바람이 차가웠다. 숲을 향해 뻗어있는 길을 걷자면 발소리가 들릴 정도로 공기는 청명했다. 타박타박. 얼마 지나지 않아 발걸음에 맞춰 낯익은 소리가 났다. 음메에. 길가에 작은 목장이 있었다. 소 떼, 혹은 양 떼 같기도 한 것들이 풀을 뜯고 있었다. 한가로운 녀석들을 지켜보다가 등 뒤에서 들린 꼬끼오 소리에 고개를 돌렸다. 그리고 네덜란드에 오고 처음으로 반 고흐를 만날 수 있었다.

농장 앞에 서 있는 반 고흐는 서울에서 봤다면 특별히 눈길이 가지 않았을 수준의 모화였으나 이 순간만큼은 특별하게 다가왔다. 얼굴을 살짝 붉혔다. 기대하기 시작했다. 직접 보는 반 고흐는 무언가 다를 거라고 자신을 부추겼다.

아침 일찍 국립공원으로 향하며, 숲길 사이로 자전거를 타고 달리는 일행을 멀찍이서 바라보며, 나는 상상했다. 오래전 반 고흐가 걸었을 길을, 네덜란드의 자연이 그에게 줬을 수많은 상념을. 그래서 나는 마음이 급했다. 크뢸러 뮐러에 도착하자마자 반 고흐 갤러리부터 찾았다. 숲이 내다보이는 복도를 빠르게 걸어 그토록 보고 싶어 했던 현대미술을 스치듯 지나쳐 반 고흐의 그림부터 들여다봤다. 수없이 많은 사람들의 마음을 사로잡은 그의 그림 앞에서 무엇이 반 고흐를 반 고흐답게 하는가 느끼려 들었다.

이렇게 만난 반 고흐의 첫인상은 그냥 그랬다. 흥분하기는 했지만 충격적으로 다가오는 수준은 아니었다. 반 고흐 갤러리를 한 바퀴 도는 사이 흥이 잦아들었다. 모나리자를 직접 봤을 때랑 비슷한 기분이네……하다가 갤러리를 한 바퀴 돌아 마지막 순간 발견한 그림 앞에 우뚝 서고 말았다.

꽃나무가 춤추고 있었다. 이 기묘한 환상은 정면에서 마주봤을 때엔 또 전혀 달라 이제 꽃나무는 숨이 막힐 듯 붉은 빛을 뿜어냈다. 그리고 천천히 오른쪽으로 발을 옮기기 시작하자 꽃나무는 나의 발에 맞춰 서서히 시들었다. 의아했다. 단 한 장의 그림이 어째서 이토록 다양한 얼굴을 보이는 것일까. 분홍 꽃이 핀 나무의 그림, 교과서에 실렸다면 눈길 한 번 제대로 주지 않았을 그림일 텐데 대체 왜 지금 이 순간 이렇듯 날 사로잡아 결국엔 쓰다 막힌 소설을 떠올리게 할까.

유럽여행을 떠나기 직전까지 잡고 있는 소설이 있었다. 아무리 해도 써지지 않는 단편. 나는 그 소설을 어떻게 써서 마무리 지을지, 무엇을 이야기해야할지 몰랐다. 그런데 이 그림을 한참 바라보는 사이 깨달아버렸다. 내가 써야 할 소설은 바로 이 그림에 대한 이야기여야 한다는 사실을.

글은 늘 그렇게 온다. 내가 쓰려고 하는 것을 나는 미리 눈치채는 법이 없다. 하지만 쓰다 보면 결국 만나고 만다. 쉼 없이 뻗어나간 숲길의 끝에 다다른 미술관에서 우연히 만난 반 고흐의 그림 한 장처럼 그렇게.

귀국 직후 바로 이 그림에 대한 소설을 쓰기 시작했다. 그리고 얼마 지나지 않아 관련 자료를 수집하다가 알게 된다. 이 그림의 제목은 '꽃이 핀 복숭아나무', 봄의 탄생을 그리던 반 고흐가 스승의 부고를 들은 후 완성한 그림이란 사실을. 그리하여 이 그림에 삶과 죽음이라는 기묘한 이중성이 자리 잡게 되었다는 사실을. 이 소설은 '사이코패스 애리'라는 제목의 단편으로 발표할 예정이다.

여행의 마지막 날, 암스테르담의 반 고흐 뮤지엄에 들렀다. 이 코스에는 도슨트가 따라붙었다. 영어 도슨트이긴 했지만 내용을 이해하는 데 큰 무리는 없었다. 일단 인솔자가 번역을 해주었고, 열흘이 넘는 내내 다양한 외국어를 접하다 보니 "안 되면 말든지" 정신이 생겼다. 도슨트는 반 고흐의 그림 중 대표작, 즉 교과서에서 본 듯한 그림 앞에만 골라서서 이야기를 들려주었다. 이런 도슨트가 설명해준 그림 중에는 '아를의 반 고흐의 방'도 있었다.

중학생 무렵, 우연히 텔레비전에서 반 고흐의 그림을 둘러싼 타임슬립 영화를 봤다. 내용은 전혀 기억이 나지 않지만 마지막 부분은 감명 깊었다. 소년 소녀들은 자신들이 정말 반 고흐를 만났었다는 증거를 현재에서 발견한다. 반 고흐가 그들에게 자신의 그림 한 장을 남긴 것. 문제의 그림이 바로 '아를의 반 고흐의 방'이었다.

한 시간여에 걸친 도슨트는 반 고흐가 죽기 직전 그렸다는 '까마귀가 있는 밀밭'에서 끝났다. 그새 주변은 세계 곳곳에서 온 사람들로 인산인해가 되었다. 도슨트와 헤어진 후 볼 것은 보고, 보지 못한 것은 다음에 다시 와서 보겠다는 마음가짐으로 돌아다녔다. 반 고흐의 귀가 세 개 그려진 밀밭의 그림이라던가 아트숍을 기웃거리며 여유를 부렸다. 그러다가 낯익은 책을 한 권 발견했다. 『화가 반 고흐 이전의 판 호흐』로 번역되어 국내 출간된 『Van Gogh: THE LIFE』. 지금까지 나온 평전 중 가장 대중적이며 문제적이란 평을 받는 반 고흐 평전으로, 잭슨 폴락의 평전을 적어 퓰리처상을 수상하기도 한 스티븐 네이페·그레고리 화이트 스미스 콤비의 또 다른 대표작이다. 이 책의 원서가 있다니 사고 싶은 마음이 불쑥 치솟았다. 하지만 이걸 사가지고 가봤자 읽지도 못할 것, 결국 짐만 될 게 뻔해 가까스로 멈췄다. 대신 반 고흐의 해바라기를 스케치한 반 고흐 뮤지엄 에코백만 여덟 개 샀다. 얼마는 선물하고 얼마는 귀국 직후 열리는 북토크를 찾은 독자님들께 드릴 셈으로.

그렇게 열하루에 걸친 일정이 끝났다. 이탈리아, 스위스, 독일, 네덜란드 등 총 4개국을 빠르게 돌며 서점, 미술관, 쇼핑센터 등을 다양하게 훑었다. 들른 곳을 일일이 소개할까 하는 생각도 잠시 해보았으나, 최근 텔레비전에서 유럽의 유명한 서점을 찾아가는 프로그램이 방영되기 시작했다는 소식을 듣고 그만두기로 했다. 여행의 별미는 아무도 가지 못한 곳에 찾아내는 것에서 시작된다고 생각한다. 텔레비전이 유럽의 서점을 소개할 정도라면, 나는 참는 편이 나을 것 같다.

대신 나는 이 글을 보는 당신에게 소심하게 요구해본다. 언젠가 당신이 다녀온 그 나라의 이야기를, 우연히 발을 돌렸다가 발견한 동화 속 꿈결 같은 장소의 사연을 내게 속삭여 주기를, 우리만의 소중한 비밀로 간직하기를 말이다. 만약 그러하다면 나는 당신에게 이렇게 말해줄 셈이다.

"당신은 또다른 성공한 덕후의 여행을 다녀왔군요."

글 쓰다 문뜩 떠오릅니다

요즘 나는 작가의 일을 한다

    작가의 일이란 감나무 밑에 드러누워 감이 떨어지길 기다리며 입을 쩍 벌리고 있는 것과 비슷하지 않을까. 다만 다른 점이 있다면, 감이 떨어지기 위해 갖은 노력을 다한다는 점 정도일 거다. 하지만 규칙이 하나 있다. 감을 절대로 건드리면 안 된다. 나무를 흔들어서도 안 된다. 무언가에 손을 대서 억지로 떨어뜨린 감은 떫은 맛이 난다. 작가는 감의 맛이 최상이 되도록 만들어서, 반드시 떨어져야 할 때 떨어지도록 해야 한다. 너무 늦지 않게, 너무 이르지 않게 그 감이 자신의 입으로 떨어지게 하는 일. 그게 작가의 일이리라.

소설가의 재능

나는 어떤 책이 재미가 있으면 그 책에서 언급된 책까지 모두 찾아보는 버릇이 있다. 최근 리디북스 007대여로 『절대정의』를 본 후 이 책의 역자후기에 언급된 만화 『킹덤』이 궁금해져서 내친김에 보고 있다.

『킹덤』은 진시황제의 이야기다. 진시황제의 어린 시절부터 커서 진시황이 되기까지의 과정을 그린 듯한데, 나는 이 시절의 이야기는 잘 모른다. 어린 시절 『삼국지』, 『초한지』, 『수호지』, 『서유기』 등은 봤지만 아무리 생각해도 이때의 이야기는 본 기억이 없다. 이번이 처음인가, 아니면 알고 보니 내가 본 것들 중 하나가 이 시대의 이야기일까, 고개를 갸웃거리며 보자니 아, 처음이 맞다. 아무리 봐도 아는 내용이 전혀 없다.

한참을 보다가 정신을 차려보니 24권, 이야기 하나하나마다 배울 만한 것들이 잔뜩 있지만서도 특히 이 24권에 나오는 일화 『극신과 악의』편은 상당히 배울 점이 많다. 악의보다 스무 살이 어린 무장 극신은 맹장 악의의 뒤를 따라다니며 그의 전술이며 갖은 사소한 것들을 일일이 메모한다. 사람들은 그런 극신을 가리켜 "자존심도 없다"고 비웃는다. 악의 역시 "아는 것과 실천하는 것은 다르다"고 말한다.

보는 것만으로 남의 싸움을 훔치는 건 쉬운 일이 아니다. 지식을 얻을 순 있지만 그것을 실제로 전장에서 행동으로 옮기는 것은 또 다른 이야기다. 하지만 극신은 그걸 해냈다. 극신에게는 악의의 전투를 실행할 수 있는 재능이 있었던 것이다. 따라서 극신의 전투는 악의의 그것을 매우 닮았다. -『킹덤』 24권 중

모든 일이 이러하지 않을까. 대부분 시작은 늘 어깨너머 보는 것이다. 그저 보고 흉내 내다 보면 자연스레 그렇게 되는 사람이 있고, 중간에 포기하거나 아무리 해도 안 되는 사람이 있다. 아마도 무언가를 보고 그 사람처럼 되는 것, 그것 또한 무언가를 이루기 위한 중요한 재능 중한 가지이리라.

아마도, 소설가에게는 이것이 가장 필요한 재능이 아닐까 싶다.

떡볶이를 먹고 싶은 할머니

소설을 쓰다 말고 잡글이 써졌다. 언제나 그렇듯 유행가 한 곡 끝날 때까지 흘려 적어본다.

20년 전쯤의 일이다. 대학에 특강을 온 소설가 김영하에게 칭찬을 받은 후 무턱대고 시나리오를 쓰고 싶어졌다. 집에 가서 인터넷에 '시나리오 쓰는 법'이란 말을 검색하자 바로 '시나리오를 쓰는 사람들'이라는 사이트가 떴다. 이 사이트에 가입했다. 이후 이 사이트에 수십 개의 시나리오를 올리는 한편, 자유게시판에는 잡담을 올렸다. 당시의 나는 지금보다 훨씬 많은 글을 썼다. 완성도는 한없이 얕았다. 그래서 그랬으리라. 나는 비슷한 말을 듣곤 했다.

"시나리오보다 잡글이 나은데?"

생각해 보면 그 말을 들은 건 이때가 처음이 아니었다. 고등학생 시절 멋모르고 무료쿠폰으로 pc통신을 시작했을 때, 잡학상식퀴즈방 bbs에 잡글을 올리기 시작했을 때에도 비슷한 말을 들었다. 나는 이때 처음으로 생각했던 것 같다. 내가 쓰는 잡글의 문장과, 서사의 문장이 어떻게 다른가.

이 때까지만 해도 나는 처음 스케이트를 타고 살얼음판을 내딛는 듯한 심정으로 글을 썼던 것 같다. 이게 묘사인가, 저게 서사인가 하고 고개를 갸웃거리고 그렇다면 문체라는 건 뭘까, 의아해했달까. 물론 겉으로는 다 아는 척했다. 20대 초반의 호기라는 게 있다. 그때의 나에겐 그게 넘쳐흘렀다.

잡글이 시나리오보다 낫다는 건, 지금 생각해 보면 서사의 문제다. 즉 나는 '이야기를 어떻게 이끌어낼 것인가'의 고민이 부족했기에 시나리오에서 뚝뚝 끊어지는 이야기를 적었다는 이야기가 아니었나 싶다.

이 고민이 풀리기까지는 상당히 오랜 시간이 걸렸다. 결국 내가 서사라는 것을 좀 더 고민하고, 그럴듯한 문장으로 소설을 쓰는 일이 무엇인가 막연히 깨닫게 된 것은 매일같이 귀에 달고 살던 '넌 주제의식이 부족해'라는 지적의 '주제의식'을 이해하기 시작한 무렵이었던 것도 같다.

가끔 생각한다. 네 주제를 알라는 말의 의미를 전혀 다른 의미로 깨달았던 스물일곱. 미야베 미유키의 『이유』를 만나지 않았다면 지금 나는 어떤 글을 쓰고 있을까, 궁금해진다.

그렇게 쉽게 답이 나올 리 없으니, 나는 다시 지금 쓰는 소설로 돌아가려 한다. 장염에 걸려서도 떡볶이를 먹고 싶어 의사를 잡고 "언제부터 떡볶이 먹어도 되냐"고 묻는 예순살이 넘은 할머니 이야기로.

어떤 부고

미국드라마 〈굿와이프〉를 열심히 보고 있다. 아침에 일어나서 잠들기 직전까지 노트북과 태블릿을 번갈아 끌어안고 산다. 처음 시작은 미드 〈슈츠〉를 보고 나서 뭐 볼 거 없나 기웃거리다가 이왕 보기 시작한 변호사물, 더 볼까? 하는 마음이었다. 넷플릭스에서는 내 취향에 맞춘 컨텐츠를 소개하곤 한다. 나는 그중 가장 위에 뜬 〈굿와이프〉를 켰을 뿐이었으나 보다 보니 쏙 빠졌다.

시작은 싫었다. 계속 주요 등장인물 피터 역할만 욕했다. 뭐 저런 싸가지 없고 반성도 모르고 더럽고 …… 이러고 말하다가 어느덧 정신을 차려보니 시즌 5. 이제는 피터만 욕할 게 아니다. 와, 모든 캐릭터가 다 엉망진창이다.

세상엔 완벽한 선도, 완벽한 악도 없다. 익히 잘 알고 있다. 하지만 글을 쓰다 보면 이분법적 논리에서 벗어나는 게 쉽지 않다. 실제 사회에서는 없을 법한 지나친 악인이나 선인을 등장시키면 이야기를 쓰기가 편하니까, 대충 쓰자는 마음으로 쓰면 비현실적인 내용이 되는 것인데, 미드 〈굿와이프〉는 완벽한 이분법적 논리에서 벗어난다. 모든 인물이 어느 정도는 선하고, 어느 정도는 더럽다. 그래서 제목에 끌린다. 대체 좋은 아내라는 건 뭔가, 라는 의문을 갖게 한달까.

요즘 쓰는 글은 완벽하게 막혔다. 계속 8부 능선에 들어가질 못한다. 내용이야 있다. 팩트 체크는 오래전부터 두고두고 해왔다. 일단 쓰기 시작하면 어떻게든 된다는 건 알지만서도 시작이 되지 않는다. 왜일까, 고민을 하다가 〈굿와이프〉를 보니까 막연히 해답을 알 것도 같다.

처음 소설을 쓰기 시작했을 당시엔 중요한 것은 내러티브 자체라고 생각했다. 그럴듯한 플롯에 캐릭터를 집어넣고 어떻게든 이야기를 끌어나가는 것이 소설이 아닌가, 생각하며 쓰다 보니 갑자기 그런 의문이 들었다. 그렇다면 소설 장르가 시나리오나 여타 장르와 다른 게 뭐가 있지? 의아함은 스스로 쓰며 풀어내기로 했다. 아마도 강한 주제의식이라던가 문체라던가 그런 거겠지. 하지만 십 년 넘게 소설만 쓰다 보니 이젠 막연히 알겠다. 신은 디테일에 있다였던가 악마는 디테일에 있다였던가, 확실하게는 기억나지 않지만 결국 해답은 디테일이다. 단어의 나열을 통한 재미가 중요한 것이다.

최근 황현산 선생님의 부고와 연이은 생전 고인이 강조했다는 좋은 글을 쓰는 법을 읽었다. 그 글을 보자니 나는 참 아는 게 여전히 없는 것 같고, 그나마 아는 것도 실천을 하기는 참으로 어렵구나 하고 막연히 생각하고 말았다.

예전에는 짧은 호흡이 좋았고 단순한 문장과 연이은 대화가 재밌었다. 하지만 쓰면 쓸수록 그런 이야기의 나열을 보는 게 힘들어진다. 조금 더 자세하고 정밀한 만연체이지만 리듬감이 넘치는 문장을 원하게 된달까. 그러다 보면 대학교에 들어간 후 4년 내내 도전했던 『아젤다마』가

떠오른다. 나는 이 책을 읽기 위해 필사를 했다. 단어의 감각이란 게 뭔지 이해할 수 없었지만 거의 모든 단어가 무슨 사자성어도 아니건만 네 글자, 다섯 글자 등 박자에 맞춰 구성된 것이 흥미로웠다. 언젠가는 읽을 수 있겠지란 생각으로 텀을 두고 읽다 보니 4학년에 올라갈 무렵에는 아주 재밌어졌다.

생각해 보면 이런 일은 잦았다. 중학교 시절 읽으려고 시도했다가 포기했던 책들이 고등학교에 들어가자 너무 재미있어서 손에서 못 떼게 된 일도 많았고, 반대로 어쩜 이리 재미있을까 싶었던 책들이 나이가 들며 흥미를 잃게 된 경우도 잦았다. 생각해 보면 그건 내가 자라면서 어떤 생각과 경험을 쌓으며 자신만의 체계를 구축하는 단계에서 벌어지는 자연스러운 현상이었던 것도 같고.

결국 오늘도 다음 장면을 쓸 계획은 없다. 막연한 이미지는 떠올랐고 디테일한 인물의 설정이라던가 왜 그 인물은 이런 행동을 했을까, 지금 어떻게 살고 있을까는 알겠지만 표피로 와닿는 문장이 없다. 그러니 조금 더 미드를 보며 지금처럼 떠오르는 잡생각들을 되는대로 적어보는 일은 반복하기로 한다.

고독, 그것이 작가의 일

    인연은 예상치 못한 방향에서 온다. 작가 한해숙을 만난 건 그런 일이었다.

    4년 전 소설 『붉은 소파』를 내고 얼마 지나지 않아 블로그로 한 독자님이 방문했다. 독자님의 성함은 조송희. 송희 씨는 댓글로 많은 이야기를 했다. 내 소설을 재밌게 읽었다며, 읽자마자 생각나는 사람이 있다며, SNS를 하느냐며 연달아 묻더니 페이스북에서 한해숙이란 작가를 소개해주었다. 송희 씨 덕에 나는 내 소설의 제목 같은 붉은 소파에 잠든 고양이를 그린 작가 한해숙을 만날 수 있었다. 책을 읽고, 그림을 그리고, 좋아하는 카페에 다니는 한 작가의 일상은 낯익기 짝이 없었다. 그런 화가의 일상을 들여다보며 좋아요를 누르고, 댓글로 대화를 하는 것은 자연스레 일상의 일부분이 되었다.

    시간이 지나다 보면 마음은 무뎌진다. 처음 느꼈던 설렘, SNS에 새 글이 올라오면 바로 좋아요를 누르고 댓글을 꼬박꼬박 달고 답글을 달아줘야 할 것만 같던 마음에 느긋함과 익숙함이 덧칠되며 "아아, 글을 올렸구나." 정도의 마음가짐으로 적당히 좋아요를 누르게 된다. 하지만 그 낯익음이 안심 될 때도 있다. 지금 이 순간, 그저 함께 있다는 것을 깨닫는 것만으로 느낄 수 있는 따듯함 말이다.

대부분의 경우, 작가에겐 동료가 없다. 작가는 각기 공간에서 어둠 속 스탠드 불빛 하나를 벗 삼아 글을 쓰고 그림을 그린다. 고독, 그것이 작가의 일이다. 그렇기에 많은 작가들이 SNS에 빠져드는 것이리라. 작업을 하는 내내 쓰지 않은 태블릿이나 컴퓨터 한켠에 SNS를 켜 놓고는 타임라인에 올라오는 같은 처지의 작가들, 그들의 일상을 그대로 내버려 두는 것이리라. 작가는 자신의 고독을 공유하는 것만으로 힘을 낼 수 있는 흔치 않은 생물이기에. 한 작가 역시 내게 그런 고독의 동료가 되어주었다. 새벽, 지금 여기 내가 깨어 있다고 말해주는 듯한 접속 중의 푸른 빛, 묵묵히 서로의 글에 '좋아요'를 눌러주는 끈질김. 그런 것들의 당연함에 익숙해질 무렵 접한 비보는 그래서 더 충격적이었다. 우리 둘을 연결해준, SNS에 수많은 나와 같은 사람이 살고 있다는 사실을 알려준 조송희 씨의 부고.

겨울이었다. 크리스마스 무렵이었다. 송희 씨는 세상을 떠났다. 그 소식 역시 한 작가에게 들었다. 이후 한 작가의 그림을 보는 일은, 그녀의 글에 '좋아요'를 누르는 일은 조금 더 깊은 감정으로 바뀐다. 누군가의 죽음을 공유하는 일은 고독을 함께하는 것보다 훨씬 깊은 연대를 품게 한다.

송희 씨처럼 책을 좋아하는 사람의 이야기를 쓰자면 가끔 쓸쓸했다. 그럴 때면 한 작가의 그림을 보았다. 나와 같은 슬픔을 아는 그녀의 그림을 보고, 그녀의 일상을 공유하고, 마침내는 그녀의 책 『단상 고양이』를 만났다. 그리고 그녀의 책에서 나는 단 한 번도 만나지 않았지만 우리 모두가 좋아하는 향기를 발견한다.

내가 좋아하는 향기들.
가을 향기.
책 향기.
커피 향기.*

---

*　　한해숙 『단상 고양이』 (혜지원, 2016), 154쪽

조금씩 이야기는 진화하고 있겠지

〈보스턴 리걸〉 시즌 1을 완주했다. 처음에는 성희롱 및 여성비하적인 표현을 일삼던 주인공이 10화가 넘어가면서 점점 점잖아진다. 또, 그러한 행동 등에 대해 대놓고 분노를 표하는 캐릭터가 생긴다던가, "여자들이 모두 주인공을 좋아한다"는 설정을 지나치게 깔려고 노력하던 마초이즘이 서서히 자취를 감춘다. 왜 그런가 했는데, 16화에서 은근한 힌트가 나온다.

시즌 1 16화의 내용은 텔레비전 뉴스의 검열 문제다. 한 고등학교에서 교장이 뉴스를 검열하는 장치를 텔레비전에 몰래 부착했다가 학생들에게 고소를 당한다. 주인공은 이 사건을 접해 원고 측 변호를 담당하면서, "텔레비전을 검열하는 것은 옳은가"에 대한 이야기를 펼친다. 그러던 중 한 텔레비전 프로그램의 시정명령을 대놓고 논하는데 보는 순간 피식했다.

〈보스턴 리걸〉 역시 그런 시정 명령을 받은 건 아니었을까. 지나치게 얌전해진 캐릭터, 주요 배역으로 인상 깊었던 배우들의 비중이 떨어져 16화 17화는 재미가 많이 감소하긴 했지만 나는 그 편이 좋았다.

해학에는 여러 장르가 있다. 블랙 코미디는 해학의 압권이라고 할 수 있다. 예전의 코미디 프로그램에는 흑인, 소수인종, 동성애자, 성희롱 등이 아무렇지 않게 등장했었다. 그런 것들이 불편했다. 지나친 조롱을 보자니 텔레비전을 끄는 것이 낫겠다 싶어 월드컵이나 한일전, 선거 개표방송 등을 제외하고 텔레비전을 보지 않은지도 이제 십 년이 넘었다. 그 사이 텔레비전 시청률은 끊임없이 하향 곡선을 그리고 있다. 그건 어쩌면 나 같은 사람이 더 있었겠지, 그들 역시 텔레비전을 외면한 덕에 조금씩 이야기는 진화하고 있겠지, 라고 생각하자면 마음이 놓인다.

새벽의 나는 늘 텅 빈 잔과 같아서

데스크톱이 아프다. 나는 아픈 컴퓨터를 부러 고치는 일을 하지 않는다. 쉬면 낫지 않을까, 아마도 번아웃이 온 건 아닐까 하고 인간 같은 생각을 하다가 셜록 홈즈 담요를 씌워서 방 구석에 놓았다. "푹 쉬고 마음이 내키면 돌아올래." 같은 말을 걸고는.

대신 4년 전쯤에 샀던 것 같은(기억이 나지 않는다) 이제는 자판이 제구실을 하지 못해 키보드를 연결해야만 쓸 수 있는 오래된 레노버 노트북을 켠다. 노트북을 살 때엔 가장 저렴한 걸 고른다. 20만 원에서 30만 원 사이. 남들은 백만 원이 훌쩍 넘는 노트북을 들고 카페에 다닌다는데, 그런 걸 두고 잠깐씩 자리를 비우기도 한다는데, 나는 간이 작아 아직도 그러질 못한다. 싼 걸 사서 카페에 두고 틈틈이 이메일이나 카카오톡으로 파일을 백업해야 안심이 된다. 이 노트북에 자판을 연결해서 멍하니 화면만 바라보다가, 역시나 예상대로 마감이 가까워지자 알아서 글이 써진다.

몇 년 전 이맘때가 떠오른다. 당시 나는 지독히도 소설이 써지지 않았다. 뭘 쓰려고 해도 마음이 내키지 않았고, 써도 써도 뭔가 "이게 아닌 것 같은데"라는 기분만 들었다. 이런 이야기를 들은 번역로봇은 말했다.

"통장에 돈이 많은가보지." 나는 그 말에 대답했다. "잔고가 ***원 이하로 떨어지면 글이 써질 것 같아."

그 후로 나는 통장의 잔고만 바라보았다. 만 원, 이만 원, 백만 원, 이백만 원이 줄어들 때마다 잃어버린 의욕이 돌아오길 바랐지만 생각처럼 쉽게 글이 써지는 기적은 일어나지 않았다. 그러다 결국 글이 써진 것은 거의 완벽하게 돈이 동난 시점이었다. 모든 것이 본래의 나로 돌아간 듯한, 아니 예전의 나보다 더 가진 것이 없다는 느낌이 드는 순간 무언가 써지려고 꿈틀거리는 것을 느낄 수 있었다.

새벽의 나는 늘 텅 빈 잔과 같아서 무엇을 담아도 그럴듯한 맛을 낼 수 있을 것만 같아서 마음에 든다. 아마도 이것을 가리켜 에드거 알란 포우는 새벽에 찾아오는 신성한 글쓰기의 병이라 일컬었으리라.

커피를 한 잔 마셔야겠다. 집안 가득 향을 풍기며 다음 글자를, 문장을, 문단을 써서 결국은 하나의 글을 완성해야지.

그것이 오늘 내가 하고 싶은 일이다. 앞으로도 계속 그러하길 빈다.

나의 ○○은 어디에서 오는가

대학 시절, 등록금이 너무 아까웠다. 대체 왜 이렇게 많은 돈을 내고 학교에 다녀야 하는지 불만이 많았기에 낸 만큼 가져가겠다는 생각으로 매일 도서관을 찾았다. 그렇게 하다 보니 자연스레 작가별로 책을 읽게 됐다. 일주일간 밀란 쿤데라를 읽고 나면, 다음엔 나라를 바꿔 무라카미 하루키를 찾았다가도, 어느새 슈테판 츠바이크를 골몰하고 있었다. 이런 식으로 책을 읽다 보면 어느 순간 느낌이 온다. 이 작가는 '○○'이로구나. 그의 수많은 소설은 '○○'을 조금씩 변형시킨 것이구나, 하고 말이다. 여기서 ○○은 화두라고 하기에는 거창하고, 주제의식이라고 하기에는 지나치게 좁으며, 정체성이라고 하기엔 섭섭한 어떤 것이다. 무어라고 한마디로 정의를 내릴 수는 없으면서도 ○○을 보는 순간 "이건 그 작가의 소설이 분명해!"라고 느끼게 만드는 어떤 것이랄까. 그렇게 한참을 들여다보자면 나의 ○○은 무엇일까 궁금해지기도 했지만, 쉬이 해답이 나오는 일은 없었다.

여전히 ○○을 찾지 못했던 스물네 살 무렵의 일이다. 당시 나는 지쳐 있었다. 회사를 그만두고 시나리오를 쓰겠다고 한 것까지는 좋았으나 마음처럼 일이 풀리지 않았다. 매일같이 수유역에 있는 스타벅스로 출퇴근을 하면서도 의구심의 나날, 정말 이대로 영화 시나리오를 써도 될지 확신이 서지 않았다. 그날도 그랬다. 노트북을 가방에 넣고 집을 나오며 생각했다. 누군가 지금 날 지켜보고 있다면 사인을 주면 좋겠다. 내가 하는 일이 옳다고 말해주면 감사하겠다. 그리고 수유역에 들어섰을 때, 나는 마치 응답처럼 노래 한 곡을 들을 수 있었다.

제프 버클리의 「할렐루야」.

왜 하필 그 순간, 수유역 스타벅스에서 「할렐루야」가 흘러나왔을까. 집에서 듣던 미라 앨범의 「할렐루야」에서는 느끼지 못했던 고양감이 왜 그 순간, 찾아왔을까. 원인은 알 수 없다. 다만 그 노래가 그 순간 내게 ○○을 얼핏 보여줬다는 사실은 알겠다.

2016년 여름, 또 물음이 생겼다. 이번 물음은 차기작의 고민이었다. 가까스로 상을 타고 책을 출간하게 되었지만 앞으로 어떤 작가가 될지는 계획이 없는 상태였다. 눈앞에 큰 벽이 서 있는 듯 갑갑하기만 했다. 그때 마침 페이스북에 공지가 떴다. 소설가들의 소설가로 통하는 백민석 작가가 단편소설 창작수업을 연다는 소식이었다. 바로 신청했다. 가르침을 갈망했기에 무턱대고 벌인 일이었다. 그렇게 찾아간 강의에서 백민석 작가는 조금 당황했다. 내게 "아니 왜 프로가 왔어?"라며 웃었고, 나 역시 웃었다. 헤헤거리며 "그러게요, 왜 왔을까요." 하고 얼버무렸다. 속으로는 웃을 기분이 전혀 아니었으면서. 대관절 프로작가라는 게 무엇인지 알 수 없어 이렇게 할 수밖에 없었으면서. 강의 첫날, 백민석 작가는 많은 이야기를 들려주었다. 그중에서도 백민석 작가가 가장 많이 이야기한 것은 무라카미 하루키와 『1Q84』였다.

한동안 무라카미 하루키를 읽지 않았다. 『1Q84』는 더더욱 읽을 생각이 없었다. 백민석 작가의 수업을 경청하자니 새삼 무라카미 하루키를 읽고 싶어졌다. 대학 시절 흠뻑 빠졌던 무라카미 하루키, 그 때 나는 무엇을 발견했기에 그토록 읽어댔던 것일까. 그래서 오랜만에 읽었다, 『1Q84』. 처음엔 재미가 없었다. 예전에 읽었을 때에도 이런 치기 어린 느낌을 받았을까 싶기도 했고, 뭔가 상당히 오래된 소설을 읽는 듯한 기분이 들기도 하였으나 얼마 지나지 않아 나는 서서히 감정의 고취를 느낄 수 있었다. 그렇게 한 권, 두 권, 세 권, 전권을 모두 읽었을 때 깨달을 수 있었다. 무라카미 하루키가 이 책에서 드러낸 '○○'은 나의 원점이기도 하다는 사실을.

2019년 7월, 페이스북의 백민석 작가 계정에 재미난 공지가 떴다. 백민석 작가가 새 카메라를 산 기념으로 프로필 사진을 찍어주는 이벤트를 연 것. 나는 바로 모델을 지원했다. 3년 전 그때처럼 가르침을 얻을 수 있지 않을까 하는 기대 덕이었다. 예상대로 나는 이번에도 가르침을 얻었다. 더불어 멋진 사진이란 별책부록도 얻었으니, 그렇게 배운 것과 사진은 모두 창작의 거름으로 써먹을 예정이다.

소설이란
첫술에 배부르는 흔치 않은 작업이더라

평소라면 새벽에 일어나서 바로 글을 쓸 텐데 첫 문장이 떠오르지 않았을 때엔 그런 일이 불가능하다. 무엇이든 시작이 중요하다. 한 글자라도 쓰기 시작하면 다음은 자동으로 따라온다. 문제는 리얼리티다. 내 머릿속에서 하나의 세계가 구축되는데 걸리는 시간은 생각보다 길다. 무언가를 적으며 생각하고, 누군가와 대화를 하며 생각하고, 소설을 보다가도 생각하고, 넷플릭스를 보면서도 생각한다. 그래도 쉽사리 떠오르지 않는 것은 아마도 그것이 진담이기 때문이리라. 소설만큼 거짓말 그 자체이면서 진담으로 이루어진 이야기는 없을 것이다. 그런 깨달음을 얻으며 다시 한번 첫 문장을 상상한다.

편집자의 일은, 작가를 바로 서게 하는 일

길다면 길고, 짧다면 짧은 시간 동안 소설을 썼다. 그러는 사이 다양한 편집자를 만났다. 나는 참 운이 좋았나 보다. 내가 만난 편집자들은 늘 열정이 넘쳤다. 내가 쓴 소설을 나보다 더 깊이 들여다보고, 분석했다. 생각치도 못했던 세계관을 지적하거나 문장의 오류를 찾아내는 일은 기본이오, "왜 이렇게 고쳐야 하는가"에 대해 일목요연한 모니터링을 보내줬다.

언젠가는 열 장 가까운 모니터링이 온 적도 있었다. 편집자는 앞의 한 장엔 지리멸렬하도록 소설을 칭찬했고, 그 후로는 "그럼에도 불구하고 왜 고쳐야 하는가"로 나를 설득했다. 처음에는 싫었다. 거부감이 들었지만 모니터링을 모두 본 후에는 한 가지 생각만 들었다. 이 사람을 믿을 수 있겠구나. 이 사람과 나는 한배를 탔구나. 무엇이든 원하는 대로, 그가 바라는 소설을 적어내고 싶다. 그리하여 이 사람을 감동시키고 싶다. 이때 처음 나는 내 소설의 첫 독자는 편집자라는 사실을, 편집자와 깊이 있는 대화를 통해 소설가로서의 자신을 인식하게 된 것 같다.

모든 편집자가 이럴 수는 없을 것이다. 처음 편집을 시작해서 아무것도 모르는 이들도 있을 것이고, 왜 작가와 그렇게까지 깊이 있게 대화를 하는지 이해할 수 없다, 나는 그저 월급만 받으면 그뿐이다, 혹은 왜 모든 작가에게 그렇게까지 해줘야 하는가, 내가 써도 그보다 잘 쓸 수 있을 것 같은데 내가 고치는 게 낫지 않을까, 같은 생각을 할 수도 있겠다.

하지만 그래도 될까. 그게 정말 작가를 위하는 길일까. 나는 생각한다. 편집자의 일은, 작가를 작가로서 바로 서게 하는 일이라고. 작가에게 전심전력으로 부딪치고, 끊임없이 서로 대화를 나눌 수 있는 편집자가 늘어날수록 대작가도 늘어날 것이라고, 그렇다면 독자들은 당연히 그런 편집자처럼 소설가를 사랑하게 되리라고, 오늘 아침 나는 김탁환의 소설 『대소설의 시대』를 들여다보며 잠시 이런 생각이 들었다.

그간 내가 만나온, 지금 만나고 있는, 아직 작가란 이름을 달지 않았을 때부터 나를 믿어준, 나를 한 명의 작가로서 존중하고 재능이 있다고, 소설을 계속 쓰라고 말해준 편집자들에게 새삼 감사한 아침이다.

닫는 글

2019년 일 년, 채널예스에 '조영주의 적당히 산다'를 연재하며 참 많은 책을 읽었습니다. 그 반향이었을까요, 2020년 첫 달은 단 한 권의 책만 읽었습니다. 집 어딘가에 있는데 찾을 수 없어 도서관에 가서 빌려온 이 책의 제목은 고 신영복 선생님의 『나무야 나무야』입니다.

이 책을 손에 잡고, 아주 천천히 읽으며, 마음에 드는 문장이 나올 때마다 볼펜을 손에 잡고 꾹꾹 눌러 필사를 했습니다. 그럴 때마다 20년 전 이 책을 읽었을 때 나는 무엇을 발견했을까 궁금해졌습니다. 아마도 그때의 나는 지금의 나와 전혀 다른 기분으로 이 책을 손에 들었겠지요.

이 책 역시 당신께 그런 책이 된다면 좋겠습니다. 20년 후, 당신이 이 책을 다시 펴들고 '아아, 이런 일도 있었지' 하고 생각할 수 있다면 기쁠 것 같아요.

참고문헌

『그리고 사진처럼 덧없는 우리들의 얼굴, 내 가슴』, 존버거, 열화당, 2004

『내 감정에도 그림자가 있다』, 쉬하오이 글 / 리루팅 그림, 스핑크스, 2018

『단상 고양이』, 한해숙, 혜지원, 2016

『부끄러움』, 아니 에르노, 비채, 2019

『시골은 그런 것이 아니다』 마루야마 겐지, 바다출판사, 2014

『안 부르고 혼자 고침』, 완주숙녀회, 이보현 글/안홍준 그림, 휴머니스트, 2017

『우당탕 201호의 비밀』, 강로사 글 / 지우 그림, 아르볼, 2019

『인더백』, 차무진, 요다, 2019

『빡치는 순간 나를 지키는 법』, 미즈시마 히로코, 봄빛서원, 2018

『킹덤 24』 YASUHISA HARA, 대원씨아이, 2012

어떤, 작가

초판 1쇄 발행 2020년 2월 14일

지은이	조영주
펴낸이	공가희
편집_디자인	공가희

펴낸곳	KONG
등록	2018년 8월 31일(제2018-000019호)
email	thekongs@naver.com
인쇄	신사고하이테크

ISBN 979-11-965302-6-6(03810)

이 도서의 국립중앙도서관 출판예정도서목록(CIP)은 서지정보유통지원시스템 홈페이지(http://seoji.nl.go.kr)와 국가자료공동목록시스템(http://www.nl.go.kr/kolisnet)에서 이용하실 수 있습니다.(CIP제어번호: CIP2020004860)

* 책값은 뒤표지에 있습니다.
* 파손된 책은 구입한 서점에서 교환해 드립니다.